Bol Dena Chahiyye

In Loving Memory of My Friend and Brother

Mridul Vijayan

Dedication

To the people who stayed.
To the people who left too soon.
And to the people who unknowingly changed the way I look at life.
This book is especially dedicated to someone who once asked me a very simple question:
"Do you have any regrets?"
At that moment, it felt like just another conversation.
But somewhere deep inside, that question stayed with me.
Because the truth was... I did.
A regret of words left unsaid.
Of moments postponed for a "better time."
Of emotions felt deeply, but never spoken aloud.
And maybe that one question is what slowly gave birth to this entire story.
Thank you for making me realize that people matter more than timelines, achievements, or perfect moments.
That sometimes the biggest thing we can do for someone is simply listen.
Simply be there.
Simply ask.
This book exists because that conversation made me reflect on friendships, memories, grief, love, growth, and all the invisible ways people shape us.
And somewhere along the way, it taught me something I'll carry forever:
No feeling becomes smaller by expressing it.
No bond becomes weaker by acknowledging it.
And no heartfelt word should be postponed forever.

Quote

"Maybe life is just a collection of people we were lucky enough to meet."

"Feelings ko hold karke rakhne se better hai, Bol Dena Chahiye."

Acknowledgement

This book was never planned.
It started as random memories...
late-night thoughts...
unfinished conversations in my head...
and moments I thought I had already moved on from.
But somewhere along the way, a very special person once asked me a simple question:
"Do you have any regrets?"
And strangely... that question stayed.
Because the truth is I did have one.
Not a career decision.
Not a failure.
Not a missed opportunity.
Just a few words I never said at the right time.
For the longest time, I thought life moves on from these things.
But some silences stay with you and maybe this book was my way of finally speaking through them.
Thank you to my family for always being my safe place.
To every friend who became home during different phases of life.
To Bangalore, for shaping me in ways I never expected and to the people who stayed beside me quietly, even during the phases when I did not know how to express what I was feeling.
A very special thank you to **Jecil**.
A lot of these pages exist because of you.
Because some friendships do not end when conversations stop.
They continue in habits, memories, jokes, music, cities... and in the way we learn to care for people afterwards.
And finally, thank you to every reader holding this book.
If somewhere in these pages you remembered someone you love...
someone you miss...
or someone you still haven't said enough to...
then maybe this story reached the right people.
And maybe that is why...
Bol Dena Chahiye.

Preface

There was never supposed to be a book.
Just memories.
A school basketball court.
A guitar in the background.
Late-night hostel conversations.
Missed calls.
Airport goodbyes.
Career struggles.
Friendships that survived distance.
And one sentence that stayed in my head for years:
"Kal bol denge."
As we grow older, life becomes faster.
People move cities.
Conversations become shorter.
Messages get delayed.
And slowly we start assuming that there will always be another day to say things.
Another day to appreciate someone.
Another day to call a friend.
Another day to say thank you.
Another day to say "I'm proud of you."
Another day to say "I miss you."
Another day to say "I love you."
But life does not always wait.
This book is not just about grief.
It is not just about friendship either.
It is about growing up.
About becoming an adult while still carrying the child inside you.
About cities that become home.
About people who leave permanent fingerprints on your life.
And about learning that vulnerability is not weakness.
Sometimes the biggest regrets in life are not the things we did wrong.
They are the things we never said.
And maybe that is why...
Bol Dena Chahiye.

Table Of Contents:

1. Prologue
2. Do Bachche Aur Ek Sheher Ka Sapna
3. Welcome To Bengaluru
4. MBA, Hostel aur Growing UP
5. Vapas To The Janmabhoomi
6. The Call
7. Right Moment Naam ki Koi Cheez Nahi Hoti
8. The Show Must Go On
9. Seven Years Later

Prologue

Ajeeb hai na? Hum log life mein sab kuch bol dete hain.
"Bhaiya do chai dena."
"Bhaiya saadhe chhe sau ka petrol kar dena."
"Bhai OTP bol do" Ya phir "Bhaiya bas yahin rok do."
Par jab bolna hota hai "Chai kadak bana do..." "Adrak thoda zyada rakh do..." Ya phir Rapido wale bhaiya ko thoda dheere chalane ko bolna ho, tab hum thoda ruk jaate hain.
Kyun?
Kabhi socha hai aapne?
Ye toh phir bhi anjaan log hain. Office mein bhi kabhi-kabhi training ke beech mein break chahiye hota hai, phir bhi hum ruk jaate hain. Meeting ke beech mein washroom jaana hota hai, tab bhi bol nahi paate. Aur uss time toh bolna bhi nahi hota... bas "BRB" type karna hota hai. Lekin phir bhi hum sochte hain "Nahi yaar... rehne do."
"Meeting ke baad chale jayenge." Aur shayad ye chhoti-chhoti hichkichahat hi dheere-dheere un baaton ko bhi rok deti hai jo sabse zyada important hoti hain. Jaise:
"Tu bahut accha dost hai..." Ye nahi bol paate.
"Mujhe bura laga..." Ye nahi bol paate.
"Mat ja..." Ye bhi nahi bol paate.
Aur kabhi-kabhi "Maa, bahut yaad aa rahi hai aapki..." Ye tak nahi bol paate.
Hum bas sochte rehte hain ki kal bol denge. Ya phir sahi time aayega tab bolenge. Ya saamne wala tension le lega, isliye nahi bolte. Aur ladkon ka toh poochho hi mat.

Ek baar bus mein mera stop nikal gaya tha. Main darwaje se bahut door baitha hua tha. Na wahan tak pahunch paaya na ye bol paaya ki "Bhaiya rok do." Mera stop nikal gaya. Phir main chupchaap khada raha. Conductor ne poocha "Kya hua?"
Maine bola "Nahi... agle stop pe utarna hai." Phir agle stop pe utar gaya aur wapas apne stop tak paidal aaya. Batao.

Aur phir, jaise aajkal hota hai na "Baad mein chai thandi ho jaati hai. baad mein mann nahi rehta"
Waise hi ek din pata chalta hai ki moment chala gaya. Log badal gaye. Aur woh baat, bas baat banke reh gayi. Bol hi nahi paaye. Isliye ye kahaani meri hai. Un sab cheezon ki jo maine kabhi boli hi nahi. Ya shayad bol nahi paaya.
Aur ye kahaani sirf meri nahi hai. Ye un sab baaton ki kahaani hai. Jo hum kabhi bol nahi paaye, lekin dil mein roz rehearse karte rahe.

Mere ek khaas dost ne mujhse ek baar poocha tha "Koi regret hai tujhe life mein?" Kaise batata...
ki sabse bada regret toh wahi hota hai, jab humein kuch bolna hota hai aur hum bol hi nahi paate.
Kyuki sach bataun? Me bhi kuch bolna chahta tha, par bola nahi uss time, sahi time ka wair karta reh gaya. Aur aage..

Sab yahi jaan loge? Padh lo aur jisse bhi jo bhi bolna hai, muskura ke, himmat karke ya sharam karke ya jo bhi emotions aapko rok rahe hai na bolne se, use side me karke Boldo Kyunki

Bol Dena Chahiye

Do Bachche Aur Ek Sheher Ka Sapna

Toh main aap logon ko ek kahaani sunata hoon.
Meri aur mere dost ki. Dost toh kya. Bachpan ka system tha mera

Jecil Varghese Cherian.

Matlab "parivaarik dosti" ka naam suna hai aap logon ne? Waisi thi hum logon ki dosti. 1990s mein Rajasthan ke ek chhote se sheher Chittorgarh mein hui do Malayali Mahilaao ki gehri dosti se shuru hui thi ye kahaani. Dono recently shaadi-shuda thi aur dono bas itna jaanti thi ki khud bhi aage badhna hai aur parivaar ko bhi sambhalna hai.
"Sambhalna" shayad chhota shabd lagta hai, par socho... uss waqt ki male-dominated society mein do auratein ye soch rahi thi ki "hum sambhal lenge sab kuch." Ek ne zimmedari uthayi thi logon ki jaan bachane ki aur doosri ne logon tak saaf paani pahunchane ki. Arey matlab ek nurse thi aur doosri water department mein recently joined Lower Division Clerk.
Sach bolun toh dono women empowerment ki asli brand ambassadors thi. Aur unmein se ek thi meri mummy... aur doosri, Gracy aunty.

Ab kahaani thodi fast forward karte hain. Isliye nahi kyunki woman empowerment waali baatein important nahi hain woh bhi karenge, kisi aur chapter mein. Abhi fast forward isliye, taaki kahaani ke main characters entry le sakein.
Toh Jecil aur meri dosti itni purani hai na ki jab main paida hua tha, pata hai labour room mein mummy ke saath nurse kaun thi? Of course... unki best friend – Gracy Aunty.

Aur mere paida hone ke ek saal baad Jecil ne bhi duniya mein entry le li. Khandaani dosti ka transfer samajh lo. Jecil ka ek bada bhai bhi tha: Cecil Bhaiyya. Humare school ke senior. Boards mein city topper, phir Bangalore engineering ke liye nikal gaye aur uske baad London. Aur hum dono chhote Chittorgarh mein hi reh gaye. Aur shayad wahi se humari asli story start hoti hai.

Woh mujhse ek saal chhota tha, par attitude mein kabhi-kabhi bada lagta tha. Same school, alag classes... par connection same. Usse pata hota tha ki bench rotation mein main kis din kis row mein baithunga, taaki verandah se ishara karke mujhe hasa sake. Aur mujhe bhi sab pata rehta tha uski class ki kaunsi bandi pe uska crush hai.
School se ghar aate the toh ghar khaali milta tha. Aunty aur mummy dono apni jobs par hoti thi. Aur phir shuru hota tha "Launda Mahaul." Bhai, do ladke puberty hit kar rahe ho ya kar chuke ho mahaul toh banega hi. Kabhi mera lunch uske ghar hota tha, kabhi uska mere ghar. Mummy bas ek note chhod ke jaati thi: "Have your lunch at Gracy aunty's place." Uske ghar bhi kuch aisa hi system hota tha.

Khane ke baad bhaiya ki woh Scooty Pep+, jo waise hi padi rehti thi, usko nikaal lete the hum log. Ye Scooty wala program aunty aur mummy dono ko nahi pata hota tha. Chabiyan chhupa ke rakhte the... aur humne shayad uss umar mein seekh liya tha ki "dhundhne niklo toh khuda bhi mil jaata hai.Toh ye chaabi kya cheez hai?"

Phir kya... Chittorgarh ki un galliyon ko shaam tak naap ke aa jaate the hum dono. Uske do tuitions, mere do tuitions. Aur tuition ke baad ground pe hoti thi asli padhai. Woh basketball ka player tha. Main cricket

ka banda. Kabhi usne nahi bola ki cricket bekaar hai aur na maine kabhi kaha ki basketball kya ajeeb game hai. Games alag the, par respect same. Woh state level tak pahunch gaya tha aur main district level par apna naam bana raha tha. Alag grounds, alag games... par respect, as I said, always same.
Phir dheere-dheere hum dono boards ki taraf badh rahe the aur ek discussion tha jo shayad har ghar mein hota hai "aage kya karna hai?"
Aur hum dono ka answer same hota tha:
"Bangalore."
"Bangalore kyun?"
"Parampara."
Bhaiya gaye the... hum bhi jayenge.
School ke baad humari activities mein ek aur cheez add ho gayi thi Bangalore ke baare mein internet pe research karna. "Best places in Bangalore." "Most happening places in Bangalore." "Best party places." Ye sab humari search history ka permanent part ban chuka tha.

Bangalore humare liye sirf ek city nahi tha. Ek plan tha. Ek escape tha. Aur uss waqt ki filmon ki tarah hum dono ke paas bhi ek filmi dream tha. Hum aksar bolte the:
"Bangalore rahenge..."
"Night outs karenge..."
"Life set karenge ekdum."

Aur beech-beech mein life ka ek aur important chapter bhi chal raha tha crushes. Uski class ki ladki aur meri class ki ladki. Hum dono ek-doosre ke wingman the.
"Bhai tu baat kar, main dekh raha hoon."
"Tu ja, main cover de raha hoon."
Aur sach kahun toh pyaar se zyada strong humari dosti chal rahi thi.
Phir school khatam hue aur life ne thoda sa plot twist daal diya. Main usse ek saal bada tha, toh maine wahin se CS ki preparation start kar di. Socha tha inter clear karke articleship ke liye Bangalore chala jaunga. Matlab ab search history mein "best companies for CS articleship in Bangalore" bhi add ho chuka tha.
Aur haan, main abhi bhi Bangalore ke hi sapne dekh raha tha. Sach bataun toh time ke saath maine Bangalore ka sapna thoda side kar diya tha... side, cancel nahi. Bas socha tha graduation ke baad main bhi Bangalore jaunga.
Aur phir woh din aa hi gaya jab uska admission Bangalore mein ho gaya. Main usko chhodne Bangalore aaya tha. Aur sach mein log jo bolte hain na ki "khushi aur dukh ek saath feel hota hai," uss din samajh aaya ki woh kya hota hai.
Ek side excitement thi ki bhai Bangalore ja raha hai hum dono ke sapno ke sheher mein. Aur doosri side ek ajeeb sa khaali-pan tha. Ab ye roz saath nahi hoga. Ab Scooty leke gedi maarne nahi niklenge. Ab shayad Mohan kaka ki thehri pe ek cup chai ke liye sirf ek hi awaaz lagegi. Ab shayad IPL matches pe bets nahi lagenge. Ab shayad main leg side pe pull shot maar ke uski taraf dekh nahi paunga. Ab shayad Indira Gandhi Stadium ke basketball court pe three-pointers thode kam girenge.
Aur ab shayad log mujhse "Jecil kahan hai?" ke badle "Jecil kaisa hai?" poochhenge.
Ye sab sochte hue maine khud ko bas ek minute diya udaas hone ke liye... aur phir khushi se usko bye bolne ke liye tayyar ho gaya.
Aap log bhi maanenge ki station, bus stand ya airport pe jo last hug hota hai na... woh thoda zyada tight hota hai. Aur thoda zyada silent bhi. Kuch bolna hota hai... par bolte nahi hain.

Shayad wahi pe pehli baar bol dena chahiye tha. Par hum dono ne nahi bola:
"Bhai, I'll miss you."
Woh Bangalore chala gaya aur main wahin reh gaya.
Par sach bataun toh main usse door nahi hua tha. Main uske through Bangalore jee raha tha. Uske calls, uski photos, uske college events aur phone ke iss side main khud ko uski life mein imagine kar raha tha.
Woh wahi sab kar raha tha jo hum dono ne milke plan kiya tha. Padhai mein accha, basketball team mein select aur bhai, guitar! Guitar toh woh ek number bajata tha.
Kabhi-kabhi lagta tha ye mera dost nahi hai, mera sapna jee raha hai.
Khushi bahut hoti thi... par ek halka sa regret bhi rehta tha ki "main nahi hua." Phir khud ko samjhata tha bas do saal aur, phir main bhi aa jaunga Bangalore.
Woh Bangalore mein tha aur main apne chhote se sheher Chittorgarh mein. Lagbhag do hazaar kilometre door. Chittorgarh ke baare mein suna hai aap logon ne kabhi? Ye mera sheher tha Chittor. Ek aisa sheher jo mujhe rok nahi raha tha... par thoda hold pe zaroor rakh raha tha.
Ek sheher jo apni kahaniyon ke liye jaana jaata hai. Jahan har deewar pe history chipki hui lagti hai. Fort ki un lambi deewaron ki tarah yahan ke log bhi kaafi strong hote hain. Chittor mein rehna ek ajeeb sa mix tha. Days normal hote the, par kahaniyan heavy. Phir chahe woh Mughalon se ladai ki kahani ho ya Rani Padmini ke johar ki aur har kahani mein pyaar aur self-respect ka message hota tha.
Subah uthke wahi raste, wahi log sab familiar tha. Par andar ek naya pressure tha. Kabhi-kabhi fort ke paas se guzarte hue lagta tha yahan logon ne itni badi-badi ladaaiyan ladi hain, aur main bas do saal wait nahi kar sakta?
Phir khud ko bolta tha:
"Kar lega bhai tu bhi kar lega."
Jecil aur mere beech distance sirf kilometres ka nahi tha. Thodi si aadat ki bhi thi. Pehle roz milte the aur ab roz yaad aata tha.
Par ek cheez dimaag mein clear thi bas do saal aur. Phir main bhi Bangalore jaunga. Jaise dimaag mein koi invisible countdown chal raha ho bina kisi timer ke.

Second year chal raha tha mera B.Com ka, aur saath mein CS Executive ki preparation bhi. Routine dekhne mein simple lagta tha, par jeene mein thoda heavy tha. Subah uthna, coaching jaana, wahi lectures, assignments. Par meri asli shift start hoti thi shaam ko.
Kyuki shaam hote hi main "driver mode" mein aa jaata tha.
Aunty ko unki shift ke baad hospital se pick karna, phir mummy ko unke office se lena aur dono ko ghar chhodna. Roads wahi the, traffic bhi wahi tha... par responsibilities alag thi.
Kabhi-kabhi signal pe ruk ke sochta tha yaar, kal tak toh hum log chup-chaap Scooty nikaal ke ghoom ke aa jaate the aur aaj 24x7 Scooty ki chaabi mere paas rehti hai aur main family ka driver ban gaya hoon.
Salary zero.
Designation - unpaid driver.
Par respect feel ho jaata tha jab aunty ya mummy kabhi-kabhi bahar se khana khila deti thi.
Phir ek din life ne bina warning ke gear change kar diya.
Mummy ko backbone mein tuberculosis diagnose hua.
Uss din na... sab kuch slow ho gaya. Main second year ke report card aur mummy ki TB reports saath mein leke ghar se nikla tha. Mummy ko Udaipur admit karaya gaya. Aur phir reports, tests, doctors, hospital ke rounds... aur main, jo kal tak sirf future ke plans bana raha tha, aaj present sambhal raha tha.
Sach bolun? Main ready nahi tha itna bada hone ke liye.
Par situation ne poocha bhi nahi. Seedha bol diya "Ab tu hi hai."

Aur shayad ye isliye bhi kyunki papa bhi meri tarah kisi aur ko sambhal rahe the Kerala mein dadi ko. Uss waqt meri himmat ko sambhalne ke liye phir se do Malayali auratein saamne khadi thi. Ek Gracy aunty aur ek meri mausi.

Hospital ke woh din bahut ajeeb hote hain. Time slow ho jaata hai aur thakaan fast. Raat ko machines aur patients ki awaazein... aur subah-subah doctors ke rounds ki chahal-pahal. Aur in sab ke beech mere dimaag mein bas ek hi thought rehta tha:

"Mummy theek ho jayegi na?"

Admission se leke medicines tak sab main hi dekh raha tha. Kabhi line mein khada, kabhi reports collect kar raha, kabhi car mein baith ke ro raha, aur kabhi chup-chaap chair pe baith ke bas ye soch raha tha: Zindagi itni jaldi serious kaise ho gayi?

Par uss waqt ek cheez achhi hui. Maine khud ko blame nahi kiya. Ek ajeeb si shanti thi andar... ki main yahin hoon, aur mujhe yahin hona chahiye. Bangalore ruk gaya tha par galat nahi laga. Ya phir Bangalore ka sapna ruk gaya tha... par galat nahi laga.

Kyuki andar se ek awaaz aa rahi thi:

"Tu nahi hota toh kaun hota?"

Dheere-dheere mummy theek hone lagi. Teen mahine baad sab almost normal ho gaya. Aur main phir se apni driver duty pe aa gaya.

Par shayad ek cheez main kabhi bol nahi paaya meri mummy sirf meri mummy nahi thi. Woh mere liye mummy bhi thi... aur papa bhi.

Ghar mein jitni bhi responsibilities thi na voh majorly mummy ke upar thi. Subah uthke ghar saaf karna, mere liye breakfast banana, din ka khana ready karke rakhna, phir time pe office pahunch ke wahan ki responsibilities sambhalna. Meri padhai, mere kharche, ghar ka poora system sab kuch.

Aur yahan tak ki agar bachpan mein koi mujhe "mota" bol deta tha, toh mummy usko hazaar baar samjhati thi ki ye medicines ki wajah se hua hai, baaki sab normal hai. Pehle mujhe proud feel hota tha ki mummy wall banke khadi ho jaati mere liye ya phir jisne bhi mujhe mota bola uski vaat laga deti thi.

Par time ke saath main samajhne laga. Maine accept karna start kar diya tha. Ek din maine mummy se hi pooch liya "Itni badi duniya hai, aap kis-kis ko samjhaogi? Bolne do na... bolke nikal jayenge."

Tab mummy ne mujhe ek baat samjhayi jo shayad aaj tak mere saath hai. Unhone bola:

"Log bure nahi hote. Bas kabhi-kabhi kuch bhi bolke ya kuch bhi karke khush ho jaate hain. Khush hona galat nahi hai... par galat tareeke se khush hona galat hai."

Aur phir mummy ne bola:

"Ghar aake hum wahi baatein dimaag mein sochte rehte hain na ki kaash uss time bol diya hota. Kaash samjha diya hota. Toh itna bura nahi lagta. Dimaag kharab nahi hota. Ya phir woh tujhe mota bolta hi nahi. Isse accha ussi waqt bol do. Samjha do."

Phir hasti hui boli:

"Aur duniya itni badi bhi nahi hai. Jitne log tere saamne tujhe chidhayenge... main sabko samjha dungi."

Aisi thi meri mummy. Mere liye duniya se lad jaaye. Aur shayad aapki mummy bhi aisi hi hogi.

Coming back to the story... mummy ne mujhe kabhi ye feel nahi hone diya ki "main akela hoon." Unke saath rehte hue duniya ki har mushkil thodi easy lagne lagti thi.

Mummy ne mujhe life mein kabhi teen cheezon ki kami nahi hone di - padhai, kapde aur khaana.

"Padhai jitni karni hai karo."

"Kapde jahan se lene hain le lo."

"Aur jo khaana hai, kha lo."

Aur irony dekho ki aaj bhi life mein main sabse zyada inhi teen cheezon mein weak hoon. Padhai utni

honestly kabhi ki nahi. Dressing sense naam ki cheez ek percent bhi nahi hai mere andar. Aur khaane mein meri kabhi koi demand hi nahi hoti.
Ye sab karte hue mummy khud kitni strong thi ye shayad tab samajh nahi paaya. Aaj samajhta hoon.
Papa uss waqt Kerala mein dadi ka khayal rakh rahe the humare ghar ke asli Shravan Kumar. Aur idhar mummy akeli mujhe sambhal rahi thi, ghar sambhal rahi thi, aur khud ko bhi.
Kabhi-kabhi main bol deta hoon ki "main uss time strong ho gaya tha." Par sach kahun toh strong main nahi hua tha... strong woh thi. Main toh bas unke strong hone ka result tha.
Khair... mummy pe toh ek poori kitaab likh sakta hoon. Shayad aap log bhi likh sakte ho. Meri mummy bhi kuch aapki mummy jaisi hi hain.
Chahe main kitna bhi strong banke ghoom loon, unhe sab pata hota hai. Unhe pata tha ki Bangalore ka mera sapna thoda blur ho gaya hai.
Operation ke teen mahine baad ek din mummy khud car chala ke office gayi aur wapas bhi aayi. Haan, isi beech mummy ne car bhi le li thi aur chalana bhi seekh liya tha.
Office se wapas aake apne confidence pe thoda proud feel karte hue mummy ne mujhe bola:
"Tu Bangalore jaana chahta tha na? Main ab theek hoon. Dekh, aaram se office jaake aa gayi."
Par uss line ke peeche jo emotion tha na, woh simple nahi tha. Usme permission bhi thi aur thoda sacrifice bhi.
Uss din ke baad maine phir se ek purane sapne ko naye tareeke se dekhna start kiya - MBA in Bangalore.
Forms, colleges, research, videos... aur phir aaya CAT preparation ka phase.
Third year poora ek hi cheez ka chase ban gaya tha - ya toh Bangalore, ya phir ek aur wait. Aur iss baar maine wait waala option hata diya tha.
Din mein B.Com.
Raat mein CAT preparation.
CS ka toh main samajh gaya tha ki "humse na ho payega."
CAT prep mein mock tests, analysis, frustration aur next day phir wahi loop. Kabhi lagta tha ho jayega, kabhi lagta tha nahi hoga. Par rukna option nahi tha.
Phir result aaya: 96 percentile.
Screen pe bas ek number tha par uske peeche poore chhe mahine ki sleepless nights, pressure ki kahaani thi. Aur uss moment pe bas ek hi thought aaya:
"Ab koi nahi rok sakta."
Par in sab ke beech Jecil do saal mein sirf teen baar ghar aaya tha. Aur ajeeb baat ye hai na ki zindagi ke sabse bade phases kabhi-kabhi sirf teen dates mein simat jaate hain.
Pehli baar jab woh aane wala tha, aunty ne casually bola tha:
"Jecil aa raha hai iss weekend."

Aunty ne shayad casually bola hoga, par mere liye woh announcement nahi event tha. Uss din se lekar Jecil ke aane tak main apne normal routine mein bhi thoda extra khush tha. Classes chal rahi thi, par dimaag sirf ek hi cheez pe jump kar raha tha ki "bhai aa raha hai."
Uske aane se pehle hi maine mentally poora plan bana liya tha. Kahan se start karenge, kahan-kahan ghoomenge, kis chai ki thehri pe baithenge... aur obviously Mohan kaka ki chai toh compulsory thi.
Waise chai ki thehri ab pehle se thodi badi ho gayi thi. Mujhe usko dikha ke khushi hone wali thi "dekh, apna adda upgrade ho gaya."
Aur kuch jokes bhi repeat hone wale the. Haan, repeat. Kyunki kuch jokes naye nahi hote, bas sahi insaan ke saath dobara sunne mein maza aata hai.
Jab woh aaya na, honestly kuch bhi change nahi laga. Na uski baatein, na meri. Bas ek cheez different thi

time limited lag raha tha. Jaise background mein phir se koi invisible timer chal gaya ho. Dikh nahi raha tha par feel ho raha tha.
Jecil jab bhi ghar aata tha, main apne baaki doston ko almost bhool jaata tha. Aur honestly unhe bhi pata hota tha: “bhai, ye iska banda hai isko time de dete hain.”
School ke time hum chupke Scooty nikaal ke ghoomte the. Ab humare paas apni bike thi.
“Apni bike?”
Haan bhai... parampara. Bhaiya ko mili thi, toh humein bhi milni chahiye thi. Aur tumhare bhai ko bike mil gayi thi. Mummy ne dilayi thi.
Waise sach kahun toh gaadi kaunsi hai usse zyada important ye hota tha ki saath mein kaun hai.
Mohan kaka ki thehri ab thodi badi ho gayi thi, par vibe wahi thi. Bas hum thode badal gaye the. Chai peene ke baad paise dete hue Jecil ekdum excitement mein kaka se poochta hai:
“Kaka, Paytm hai aapke paas?”
Us time Paytm naya-naya aaya tha. Kaka ne ek second uski taraf dekha aur bole:
“Sigret? Ye kaunsi hai?”
Jecil bola:
“Arey nahi kaka, Paytm... paise dene wala.”
Toh kaka apni Marwadi tone mein bole:
“Mhare yahan toh koni hai... aage jaa ke pooch le.”
Aur uss moment pe mujhe laga ki Bangalore uske andar aa chuka hai. Technology ki baatein, naye habits. Sab.
Phir woh visit khatam hua aur woh wapas Bangalore chala gaya.
Jab doosri baar aaya na, excitement same thi par is baar thodi maturity add ho gayi thi. Is baar hum sirf ghoom nahi rahe the, deep conversations bhi ho rahi thi. Uska ek heartbreak hua tha aur main bhi recently ek breakup se bahar nikla tha. Toh discussions mostly ussi pe hote the.
Maine usse poocha: “Bhai, tu manage kaise karta hai wahan? Itne saare log, itni bheed...”
Usne bada simple sa jawab diya:

“**Bhai mera na circle bahut small hai. Main koi celebration ya khushi poore jhund ke saath nahi karta. Ek-do dost hain apne jaise woh sab sambhal lete hain**.”

Sach bataun? Mujhe khushi bhi hui ye sunke aur halka sa jealousy bhi. Shayad usne mere face pe woh feel kar liya tha. Isliye turant bola:
“Jaise hum dono yahan hain na waise hi log wahan bhi hain. Tu aa ja phir dekhna... bawaal karenge.”
Aur uss moment pe mujhe Bangalore pehli baar thoda apna lagne laga. Main uski baaton se Bangalore dekh raha tha... aur woh mere saath phir se Chittor feel kar raha tha. Hum dono ek-doosre ki life ka trailer dekh rahe the. Full movie abhi baaki thi.
Phir aaya uska third visit.
Ek baar aap ghar se padhne ya kamaane ke liye bahar nikal jaate ho na... toh phir aap ghar “aate” nahi ho. Bas “visit” karte ho.
Uska third visit thoda heavy tha. Kyunki is baar certainty thi ki agli baar main bhi Bangalore aaunga.
Iss baar humne kahin baith ke time waste nahi kiya. Har jagah gaye, har baat ki... phir bhi kuch baatein reh hi jaati hain na jo perfect moment dhoondti rehti hain. Aur woh perfect moment kabhi aata hi nahi.
Uss trip mein hum Jaipur bhi gaye match dekhne: Rajasthan Royals vs Royal Challengers Bangalore.
Khacha-khach bhara Jaipur ka Sawai Mansingh Stadium. Lights, crowd, awaaz... poora atmosphere electric tha. Aur hum dono apni hi masti aur shor mein lage hue the.

Phir boundary line ke paas fielding karne Sreesanth aaya.
Ab bhai, do Malayali launde agar Kerala ke pehle Indian cricketer ko saamne dekhenge toh excitement toh banta hai na.
Waise hum dono ke beech bhi ek alag match chal raha tha. Main Rajasthan ko support kar raha tha - hamari janmabhoomi. Aur woh Bangalore ko - uski karmabhoomi aur meri future karmabhoomi.
Opposite team jab bhi run banati ya wicket leti, hum ek-doosre ki taraf dekhte. Woh bolta: "Dekha? Jeetega toh Bangalore hi."
Aur main bolta: "Janmabhoomi ko kam mat samajh. Jeciliyaaa"
Match khatam hua aur hum dono unusually chup the. Ek reason toh ye tha ki hum hadd se zyada thak chuke the. Aur doosra reason... humne return tickets second sitting mein book kar rakhe the.
Uss din ek aur cheez samajh aayi. Hum dono ki mummiyon ne humein sirf teen nahi, chaar cheezon ki kami nahi hone di thi - kapde, khaana, padhai... aur ye assurance ki "ghar wapas aate waqt takleef na ho."
Samjhe?
Aaj bhi kahin jaate ho ya kahin se lautte ho, sirf Maa hi hoti hai jo bolti hai:
"Jaldi nahi aaram se aana."
Ye sentence usually hum taken for granted lete hain. Par uss din uski value samajh aayi thi.
Isliye humne decide kiya ki sleeper bus se aaram se vapas jayenge.

Uske thode hi din baad woh wapas Bangalore chala gaya aur main phir se apne same routine mein aa gaya. Par is baar ek difference tha. Is baar wait mein doubt nahi tha... confidence tha.
Ab main bhi ja raha tha.
Aur is baar main sirf Bangalore nahi ja raha tha. Main hum dono ke sapno ke beech ka distance cover kar raha tha.

Welcome To Bengaluru

College select ho chuka tha. Jecil Bangalore mein college dekh ke bhi aa chuka tha. Flight tickets bhi book ho gayi thi: Jaipur se Bangalore. Pehli baar flight mein baithne wala tha.
Aur honestly, flight se zyada excitement uss nayi life ka tha jo wahan start hone wali thi. College, hostel, poore din classes, raat mein assignments, naye log. Sab kuch ek saath.
Kabhi-kabhi Bangalore thoda scary bhi lagta tha. Toh maine phir se khud ko ek timeline de di:
"Next year job lag jayegi uski..."
"Do saal baad meri..."
"Phir toh maze hi maze."
Jecil mujhse zyada experienced tha. Jaise woh roz flights mein travel karta ho. Usne phone pe sab samjha diya tha.
"Takeoff pe kaan band honge."
"Landing pe pressure lagega."
"Chhote bachche royenge, tension mat lena."
Aur ek special hack bhi diya window seat ke liye:
"Teen ghante pehle airport pahunch jaana. First time hai... mil jayegi."
Maine bola:
"Isme hack kya hai? Mera toh sach mein first time hi hai."
Main airport pahucha, thoda nervous, thoda excited aur thoda lost bhi. Boarding pass done. Security check done. Aur ek cheez jo sirf sun rakhi thi, woh bhi confirm ho gayi, airport pe sab kuch bahut mehenga hota hai.
Main wahan baith ke logon ko dekh raha tha. Sabke chehron pe emotions the... par mere wale nahi. Kuch log family ke saath the. Kuch family ko bahar bye bolke aaye the. Kuch phone pe update de rahe the:
"Haan security check ho gaya..."
"Gate pe hoon..."
"Ab thodi der rest karunga."
Main bhi normal behave karne ki acting kar raha tha. Bahar se calm aur andar se full Road Runner mode: "Beep beep."
Boarding ka time hua. Main aircraft mein enter kiya. Aur ek baat Jecil ne aur samjhayi thi, jo shayad pehle batana bhool gaya tha.
"Chahe kitna bhi excited ho... air hostess ke saamne normal rehna. Unki hundred percent smile ko seventy percent smile se reply dena."
"Woh bolengi 'Good morning sir, welcome aboard...' aur tu bas halka sa smile deke bolna 'Hi, good morning.' Bas. Usse zyada nahi."
Ye sab usne mujhe proper training deke bheja tha.
Ab usne ye kyun samjhaya tha? Kyunki agar main zyada excitement dikha deta toh mujhe "creep" judge karne se duniya ko koi nahi rok sakta tha. Aur ye gyaan usko shayad kisi air hostess ya uski kisi "air hostess female friend" ne diya tha.
Isse ek baat toh clear thi ki banda Bangalore mein apna parcham achhe se lehra raha tha.
Khair, main jaise hi window seat pe baitha... ekdum bachcha ban gaya. Phone nikala: click... click... click. Itni photos le raha tha ki camera bhi bol raha hoga:
"Bas kar bhai, pehli baar hai kya?"
Flight udi. Plane jaise hi upar gaya, ek second ke liye kaan band hue. Aur mere face pe ek halki si smile aa gayi. Dil ne bola:

"Haan bhai... sahi bola tha."
Clouds ke upar se sab kuch alag lag raha tha. Kuch moments enjoy karne ke liye nahi hote... bas feel karne ke liye hote hain.
Dimaag mein flashes aa rahe the - Chittorgarh... mera sheher... fort ka raasta... poha-jalebi... Navratri... Diwali... doston ke saath Holi...
"I'll miss Chittorgarh for sure."
Uss sheher ne mujhe bahut kuch diya tha.
Aur tabhi meri thinking ko break lagayi pilot ki heavy si awaaz ne:
"Ladies and gentlemen, we are about to land at Kempegowda International Airport, Bengaluru."
Plane dheere-dheere neeche aane laga. City lights dikhne lagi. Aur mera dil thoda fast dhadakne laga.
Landing hui. Bachche roye. Log seat belts khol ke khade ho gaye. Plane poori tarah rukne se pehle hi kuch log bags utaarne lage.
Par main, Main ek minute tak bas khidki se bahar dekhte hue baitha raha. Is safar ki tarah mera bhi ek chapter khatam ho chuka tha... aur doosra start hone wala tha.
Main utha aur aircraft se bahar aaya. Aur jo hawa lagi na... woh hawa alag thi. Thodi thandi. Thodi unfamiliar. Par ajeeb si apni bhi.
Aur uss moment pe mere dimaag mein bas ek hi thought aaya:
"Bahar kaise nikalna hai airport se?"
Ye toh Jecil ne bataya hi nahi tha.
Maine turant usko phone lagaya. Uthate hi bola:
"Welcome to Bengaluru!"
Phir hasta hua bola:
"Par bhai... Bangalore pahunchna aur Bangalore airport pahunchna same cheez nahi hai. Sheher 2 ghante door hai."
Maine bas ek hi sawaal poocha:
"Bhai main aircraft se bahar aa gaya hoon... ab ye bus mein baith jaun na?"
Woh bola:
"Haan bhai, baith ja. Aur tere paas jo 1-2 familiar faces hain na... unke saath-saath baggage belt tak chala ja. Wahan ek belt ghoomta rahega, uspe tera bag aa jayega. Bas woh le lena."
Aur main uski saari instructions follow karta hua bas "go with the flow" mode mein chal raha tha.
Thodi der baad main airport ke bahar tha. Aur maine Jecil ko dhoondhne ki bhi koshish nahi ki, kyunki usne pehle hi bata diya tha ki woh kisi kaam se Kerala gaya hua hai aur next day aayega.
Toh ek din mujhe hotel mein hi rukna tha. Aur woh bhi maine already plan karke book kar rakha tha.

Airport se maine cab book ki aur hotel ke liye nikal gaya. Aur shayad meri asli Bangalore journey wahi se start hui aur airport se hotel tak ke uss do ghante ke safar mein.
Main bas window ke bahar dekh raha tha. Bade-bade buildings, glass wale corporate offices, flyovers, college campuses, night traffic, cafes ke bahar khade log... aisa nahi tha ki maine ye sab pehle kabhi dekha nahi tha. Delhi dekha tha, Mumbai bhi dekha tha. Par Bangalore alag lag raha tha.
Kyuki Delhi aur Mumbai ko main dekhne gaya tha aur Bangalore ko main jeene aaya tha.
Cab ki window se bahar dekhte hue ek ajeeb si feeling aa rahi thi ki ab ye sab daily life hone wala hai. Ye roads, ye traffic, ye buildings, ye corporate offices... ye sab ab kisi movie ka montage nahi tha. Ye meri life banne wali thi.
Aur pata hi nahi chala woh do ghante kab nikal gaye. Shayad excitement mein time fast bhaagta hai. Ya shayad sapne jab reality bante hain, toh dimaag kuch der ke liye time count karna bhool jaata hai.

Hotel pahunchte-pahunchte body thak gayi thi... par dimaag abhi bhi bhaag raha tha. Room mein enter kiya, bag side mein rakha aur sabse pehle mummy ko call lagaya.
"Pahunch gaya."
Bas itna hi bola. Par un do words ke peeche kitna kuch tha... woh shayad mummy hi samajh sakti thi.
Uske baad Kerala mein papa ko call kiya.
"Main Bangalore pahunch gaya."
Papa ne normal tone mein baat ki, par mujhe pata tha woh andar se bahut khush hain. Kyuki ab Bangalore Kerala se kaafi paas tha. Pehle saal mein ek baar jaa pata tha... ab shayad teen baar jaa paunga. Unke liye bas itna hi kaafi tha.
Next day ka plan simple tha - college jaana hai. Registration, admission, hostel formalities... officially ek nayi life start hone wali thi. Aur thoda darr bhi lag raha tha. Woh wala darr jo excitement ke saath free mein aata hai.
Us raat main jaldi so gaya. Ya shayad sone ki acting kar raha tha. Kyuki aankhein band thi... par dimaag mein bas ek hi cheez chal rahi thi:
"Bangalore... Bangalore... Bangalore..."
"MBA... MBA... MBA..."
Next morning main directly Jecil ke paas gaya. Aur honestly, usko dekhte hi ek ajeeb sa comfort feel hua. Jaise iss bade sheher mein mera ek piece already exist karta ho.
Hum dono college gaye. Registration hua, documents verify hue, admission process start hua. Sab kuch officially ho raha tha. Wahi sapna jiske baare mein hum chai ki thehri pe baith ke baat karte the... ab forms aur signatures mein convert ho raha tha.
Phir ek chhota sa section aaya form mein:
"Local Guardian."
Normally ek simple column hota hai jaha naam likho, address likho, ho gaya. Par uss din mere liye woh thoda emotional ho gaya. Kyuki Bangalore mein mera local guardian kaun tha? Jecil.
Aur mujhe yaad hai, ek second ke liye ajeeb laga tha. Woh mujhse ek saal chhota tha. Mere dimaag mein chal raha tha ki "ye Chotu mera guardian kaise ho gaya?" Ye toh mujhse chota hai. Kyunki Guardian ka darja apne se bade logo ka hota hai na?

"Guardian" word hum dono ke liye thoda zyada formal lag raha tha.
Par phir bhi usne casually apne details fill kiye - naam, address, phone number. Aur uss moment pe officially Jecil Bangalore mein mera guardian ban gaya.
Shayad forms ko nahi pata hota ki kuch log sirf guardian nahi hote woh naye sheher mein tumhara confidence hote hain. Tumhara comfort zone hote hain.
Admission ke baad hum hostel dekhne gaye. Aur Jecil already research kar chuka tha. Usne pehle hi rooms dekh liye the, warden se baat kar li thi, kaunsa room better hai, kaunsi side peaceful hai sab kuch sorted tha. Jaise woh pehle se hi mera wait kar raha ho.
Main uss time bahut zyada bol nahi raha tha. Na over-excitement, na dramatic reactions. Main bas observe kar raha tha. Ya shayad thoda kho gaya tha.
Kabhi-kabhi na, jab sapna finally sach hota hai, toh insaan loud khush nahi hota. Woh bas chup ho jaata hai. Kyuki uska dimaag samajhne ki koshish kar raha hota hai ki : "Ab bhai, life change hone wali hai."
Hostel room finally mila. Main andar gaya aur honestly room dekh ke reality hit hui. Bilkul Munna Bhai wale hostel room jaisa.
"Bhai... ye toh ghuste hi khatam ho gaya."
Ek lohe ka bed, ek lohe ki table, ek chair aur ek almirah. Bas.

Par uss chhote se room mein mere liye ek poori nayi duniya fit hone wali thi.
Hum dono paas ki shop pe gaye. Mattress liya, takiya, bedsheet, bucket, mug aur woh chhoti-chhoti cheezein jo ghar pe kabhi notice nahi hoti, par ghar se door aake suddenly important lagne lagti hain.
Room set karte-karte ek moment aaya. Main bed pe baitha aur poore room ko dekha - khaali deewar, naya sheher, nayi life aur saamne Jecil.
Aur uss moment pe andar bas ek hi feeling aayi:
"Haa, ab shuru ho raha hai."
Aur uss chhote se hostel room mein maine apni nayi journey ka shreeganesh kar diya.

Us din Jecil hostel mein mere saath lagbhag do-teen ghante raha. Aur honestly, woh do-teen ghante normal nahi the. Aaj sochta hoon toh lagta hai jaise koi parent apne bachche ko pehli baar boarding school chhodne aata hai na, exactly waisa scene tha. Bas difference itna tha ki hum dono us emotion ko hasi-mazaak ke peeche hide kar rahe the.
Room set ho chuka tha. Mattress aa gaya tha, bedsheet lag gayi thi, table par bottle aur kuch random snacks pade the. Aur hum dono bas baith ke baatein kar rahe the. Kabhi room ko dekhte, kabhi ek-doosre ko... jaise silently samajh rahe ho ki haan bhai, life officially change ho gayi hai.
Usne mujhe college ke baare mein explain karna start kiya.
"Thoda strict college hai."
Ye line usne bahut casually boli thi. Par uske baad jo details aayi na unhone mere andar ke Rajasthan wale azaad panchhi ko hila diya.
Har din sirf do ghante ka gate pass. Bas utne time ke liye bahar ja sakte ho. Aur mere dimaag mein seedha calculation start:
"Bhai do ghante mein toh Bangalore ka traffic hi khatam nahi hota."
"Iske ghar tak aane-jaane mein hi do ghante lag jayenge."
Matlab practically daily milna almost impossible tha.
Phir usne ek aur bada bomb gira diya:
"Mahine mein sirf do gate pass milte hain."
Matlab officially hostel ke bahar raat rukne ka permission sirf do baar.
Uss moment pe mujhe genuinely laga:
"Yaar main Bangalore MBA karne aaya hoon ya jail mein?"
Aur irony dekho... hamara college Central Jail Road pe hi tha.
Ek ajeeb sa feel aa raha tha. Jaise ek khula panchhi suddenly pinjre mein aa gaya ho. Chittorgarh wali freedom, vo raat ko chai pe nikal jaana, random rides sab ekdum se ruk gaya tha.
Shayad Jecil ko mere face se hi samajh aa gaya tha. Woh hasta hua bola:
"Relax. Mera college bhi aisa hi tha. Gradually aadat ho jayegi."
Phir bola:
"Dekhna, kuch time baad tu khud ye gate pass use nahi karega."
Aur honestly, uss waqt uski baat mujhe bahut jhoothi lagi thi. Ya shayad believe hi nahi hua tha. Main andar hi andar soch raha tha:
"Bhai main toh har chance pe bahar bhaagunga."
Par main bas sun raha tha. Observe kar raha tha. Shayad har naye sheher mein ek phase aata hai jab tum physically wahan hote ho par mentally abhi bhi transition mein chal rahe hote ho.
Thodi der baad woh nikalne laga. Aur uss moment pe room thoda aur khaali lagne laga. Abhi tak mujhe lag raha tha ki main Bangalore mein guest hoon. Uske jaate hi realize hua: "Nahi bhai... ab yahi rehna hai."

Uske jaane ke baad hostel ka atmosphere dheere-dheere lively hone laga. Naye log aane lage. Suitcases, parents, mattresses, buckets, pillows sab paas ki dukaano se sab kuch aa raha tha. Har jagah ek ajeeb sa "first day chaos" tha.

Us raat hum logon ne proper introduction session kiya. Naam, sheher, background. Sab wahi classic hostel wali first conversations. Aur honestly, mujhe bhi maza aa raha tha.

Par uss raat ek cheez mere liye unexpectedly comforting thi. Rajasthan mein main hamesha thoda "Marwadi-Malayali mix" type feel karta tha. Aur yahan hostel mein itne saare Malayalis the ki ek ajeeb sa apnapan feel hone laga. Jaise Bangalore pehle din hi bol raha ho:

"Tension mat le... apne log mil jayenge."

Bas ek problem thi: meri Malayalam.

Yaar, itni weak thi meri Malayalam ki kabhi-kabhi main kuch aur bolta tha aur meaning kuch aur nikal jaata tha. Isliye maine pehle hi disclaimer dena start kar diya:

"Bhai meri Malayalam bahut weak hai."

Aur honestly, mere bolte hi sabko samajh bhi aa jaata tha. Par achhi baat ye thi ki kisi ne judge nahi kiya. Sab hans ke bolte:

"Arey koi baat nahi... theek ho jayegi."

Aur ye sunke confidence aata tha. Jaise Jecil bol ke gaya tha "bohut Malayalis milenge yahan."

Aur sach bolun, uski Malayalam sunke main khud shock ho gaya tha. Itni improve ho gayi thi. Woh fluent switch karta tha English, Hindi aur Malayalam ke beech mein. Usko dekh ke samajh aaya tha ki Malayalis Bangalore ko itna kyun choose karte hain.

Bangalore unke liye sirf ek city nahi hota. Kahin na kahin unka pehla comfort zone hota hai Kerala ke bahar. Ek mini-home jaisa.

Aur shayad isi wajah se pehle hi din Bangalore mujhe utna unfamiliar nahi laga. Naya zaroor laga... par akela nahi.

Meri MBA life officially start ho chuki thi. Aur honestly, pehle do mahine mujhe bilkul samajh hi nahi aaya ki main college kar raha hoon ya kisi controlled adventure camp mein aa gaya hoon.
Jitne gate passes milte the, maine sab use kiye. Mahine ke "daily do ghante wale" gate passes bhi. Aur mostly hum log aas-paas hi ghoomte the. "Hum log" matlab mere naye dost hostel aur college wale. Kabhi chai pe, kabhi dinner pe, kabhi bas hostel food se break lene ke liye. Kyuki hostel ka khana roz-roz kha ke insaan emotionally bhi thak jaata hai. Waise mere hostel ka khana genuinely bahut achha tha but same khana daily kha ke thoda bore hona toh banta hai.
Dheere-dheere dost bhi banne lage the. Aur phir wahi hostel wali life jahan random log family jaise ho jaate hain.
Hamare college ka structure bhi thoda alag tha. Do saal mein total 6 trimesters. Beech mein 2 mahine ka internship break. Ye sab orientation mein bata diya gaya tha.

Ye sab sunne me bada professional lag raha tha par honestly uss waqt mujhe sirf itna samajh aa raha tha ki attendance bachani kaise hai.
First trimester kaise khatam hua pata hi nahi chala. College outings, group activities, late-night discussions, presentations ki preparation aur phir presentations mein "implementation", "planning", "strategy" jaise words use karna. Ye sab jo pehle books mein padhta tha... ab actual mein karne laga tha. Har din kuch na kuch chal raha tha.
Phir second trimester aa gaya. Aur groups ke andar bhi groups banne lage. Har class mein hota hai na dheere-dheere insaan "apne log" dhoond leta hai. Waise hi mere bhi kuch close dost ban gaye the. Main mostly unhi ke saath rehta tha.
Classes itni lambi chalti thi ki subah niklo, shaam ko wapas aao, khana khao aur seedha bed par gir jao. Kabhi-kabhi weekends pe bhi bahar jaane ka plan cancel kar dete the. Hostel ke andar hi cricket ya badminton khel lete. Itna khelte ki body toot jaati... aur phir raat ko khana kha ke seedhi neend. Saturday ko bhi classes hoti thi. Toh honestly life bahut busy ho gayi thi. Aur shayad adulthood wahi hota hai jahan free time luxury ban jaata hai.
Beech-beech mein Jecil se baat hoti rehti thi. Aisa nahi tha ki hum jaan-bujh ke door ho rahe the. Bas life dono ko alag directions mein kheench rahi thi. Calls chhoti ho gayi thi. Messages delayed ho gaye the. Par concern wahi tha. Use meri fikr thi aur mujhe uski. Aur shayad uss time ke liye wahi enough tha.
Second trimester khatam hone wala tha tab ek din uska call aaya. Uski awaaz mein excitement alag hi level par thi.
"Bhai... meri job lag gayi!"
Northern Trust Bank mein usne join kar liya tha. Aur honestly, main uske liye utna khush tha jitna shayad apne result ke liye bhi nahi hota. Kyuki hum dono mein se woh pehla banda tha jo officially corporate duniya mein ghus gaya tha.
Uske baad mera third trimester start hua. Aur Bangalore ki ek cheez mujhe bahut pasand aayi ki Kerala suddenly paas lagne laga tha. Koi bhi chhota festival ho, teen-chaar din ka break ho, bas backpack uthao, bus ya train pakdo aur overnight journey ke baad next morning papa ke paas.
Chittorgarh se dekho toh Kerala bahut door lagta tha. Par Bangalore se distance chhota ho gaya tha. Aur shayad isi wajah se main mentally thoda aur stable feel karta tha.
Par ek ajeeb baat thi. Jis hisaab se humne bachpan mein imagine kiya tha, uss hisaab se toh Bangalore mein hum roz milne wale the. Par reality alag thi. Pehle aath-nau mahino mein shayad hum sirf chaar-paanch baar properly mile the. Aur unmein bhi koi grand plan nahi hota tha. Kabhi dinner, kabhi long ride, kabhi main uske ghar ruk gaya aur next morning hostel wapas. Bas itna hi.
Par ab sochta hoon shayad adulthood mein friendship isi form mein survive karti hai. Kam time, kam

baatein par same comfort.
Aur dekhte hi dekhte mera pehla saal khatam ho gaya. Phir aayi summer internship. Aur honestly uss time mujhe Chittorgarh bahut yaad aa raha tha. Toh maine school side contacts se baat karke Birla Cements mein internship ke liye apply kar diya. Aur luckily internship mil bhi gayi.
Mere liye toh literally woh sone pe suhaaga tha. Do mahine ghar pe mummy ke saath, apne sheher mein apne logon ke beech. Main genuinely bahut khush tha.
Do mahine Chittorgarh mein internship kari. Ghar ka khana khaya. Purani roads pe ghooma. Aur thoda khud ko recharge kiya.
Phir wapas Bangalore. Aur iss baar MBA ka next phase start hone wala tha. Kyuki jo course maine choose kiya tha usmein MBA ke saath MS bhi tha. Aur uske liye hume US jaana tha.
Toh kuch time baad main US ke liye nikalne wala tha.
Aur life funny hoti hai. Chahe baatein kam ho jaayein kuch log somehow connected rehte hain. Jecil ko pata tha ki main US ja raha hoon. Dates, timings, details shayad exact nahi pata thi. Aunty ke through updates mil jaate the kyuki utni regular baat nahi ho pa rahi thi. Par connection abhi bhi tha.
Puri class airport ke liye nikli thi. Sab excited the kyunki international travel, pehli baar abroad jaana sabke andar alag level ki energy chal rahi thi.
Airport pe main apne bag mein kuch adjust kar raha tha. Aur side mein mere classmates typical boys conversation kar rahe the do ladkiyon ko dekh ke.
"Bhai unke saath ek banda bhi hai..."
"Zyada mat dekh, notice kar raha hai..."
"Abey woh toh idhar hi aa raha hai..."
"Bhai lafda ho jayega..."
Aur main abhi bhi bag mein hi busy tha.
Phir achanak kisi ne zor se meri peeth pe maara. Main muda aur saamne Jecil.
Aur uss moment pe jo feeling aayi na woh explain karna mushkil hai. Bas itna laga:
"Yaar... ye banda aa gaya."
Kyuki uss time main thoda sad tha. Sabke parents aaye hue the. Sabko koi na koi see-off karne aaya tha. Aur mera local guardian... jisse connection thoda kam ho gaya tha... woh wahan nahi tha. Toh jab sab log ek-doosre ko bye bol rahe the, main thoda akela feel kar raha tha.
Par shayad mere liye bhi airport pe kuch special ready tha.
"Mera Bhai mujhe bye bolne aaya hai."
Aur honestly uss moment pe mujhe laga ki apna bhi sahi chal raha hai. Pehli flight mein baithne se pehle usne mujhe guide kiya tha. Aur ab pehli international flight pe woh mujhe see-off karne airport aa gaya tha. Uss moment pe genuinely laga: "Can life get any better than this?"
Uske see-off ke baad main US chala gaya. Wahan se wapas bhi aa gaya. Aur honestly, main uske liye kuch special leke nahi aa paya. Par usko uss cheez se farq bhi nahi padta tha. Woh already khush tha. Khush iss baat se ki main achha kar raha hoon. Khud se manage kar raha hoon. Life handle kar raha hoon. Aur shayad uske liye ye thoda special bhi tha kyuki jo phase main ab experience kar raha tha, woh sab usne ek saal pehle experience kar liya tha.
Woh mujhse chhota zaroor tha par kai cheezon mein mujhse pehle bada ho gaya tha. Aur mujhe grow karte dekh woh genuinely happy tha.

US se wapas aane ke baad life aur bhi zyada hectic ho gayi thi. Ab sirf MBA nahi tha, MBA aur MS dono saath chal rahe the. Classes... presentations... assignments... submissions... Aur dheere dheere...
time naam ki cheez luxury banne lagi. Kabhi kabhi toh aisa hota tha ki raat tak free nahi hota tha.

Aur honestly, main ghar pe bhi kam baat karne laga tha.
Hostel life bhi change ho gayi thi. Pehle random conversations hoti thi, ab sirf presentation teams bach gayi thi. Jinke saath projects hote the, aadha din unhi ke saath nikalta tha.
Kabhi classrooms me, kabhi common discussion room me, kabhi college corridors me Aur fir raat ko... thake-haare hostel wapas. Khud ko bas bed tak kheenchna hota tha.
Fourth aur fifth trimester aise hi nikal gaye.
Fast.
Heavy.
Aur itne busy ki waqt kab ja raha hai ye realize karne ka bhi time nahi mil raha tha. Fir start hui placements. Ab pehli baar life thodi real lagne lagi.
Ab tak padh rahe the. Ab decide hona tha ki aage ki zindagi kahan jayegi.
Maine jo stream select ki thi usme sabse pehli company aayi "Deloitte"
Aur excitement alag level pe thi. Main aur mere kuch dost jinhe lagta tha ki hum tayari me ache hain... full confidence me placement drive dene gaye. Par zindagi har baar confidence pe nahi chalti.
Hum select nahi hue. Aur reason bhi koi dramatic nahi tha. Bas thode answers galat ho gaye.
Mock tests wale hi scenes. Jaisa school aur coaching me hota tha. Us moment pe thoda bura laga tha.
Kyuki pehli company thi. Aur somewhere sabko lagta hai ki first opportunity hi life change kar degi.
Par fir practical soch aayi. Waise bhi jo role tha wo Hyderabad location ke liye tha.
Mere andar Bangalore ka obsession dheere dheere fade hone laga tha. Pehle sapna sirf city ka tha.
Ab priorities change ho rahi thi. Mummy retirement ke close aa rahi thi. Ek saal bacha tha unke retirement me.

Adulthood ka asli phase shayad wahi hota hai jab sapne aur responsibilities
ek hi table pe baithte hain.
Kabhi jo Bangalore ultimate goal lagta tha, ab lagne laga tha *"Shayad Rajasthan wapas jaana bhi galat nahi."* Main bhi outside opportunities dekhne laga Jaipur, Udaipur aur Indore me bhi.
Life ko thoda practical angle se dekhna start kar diya tha. Us waqt sixth trimester chal raha tha.
Aur usi beech, India me ek ajeeb sa phase start hua.

Demonetization.
Notebandi.

Har jagah lines. Cash ki problem. Log pareshan. Notes exchange ho rahe the.
Aur hum hostel wale bachche, jaisa-taisa survive kar rahe the. Hostel me khana included tha toh basic survival chal raha tha. Par bhai, kitna bhi hostel food kha lo par ek point ke baad bahar ka burger, roll ya shawarma hi yaad aata hai. Us din mujhe bhi craving hui. Aur maine decide kiya ki Burger King chalte hain. Kyuki us time pe ek important cheez thi Paytm accept kar raha tha. Us waqt mere paas ek second-hand bike bhi thi. Papa ne Kerala me dilwayi thi aur me Bangalore le aaya tha.

Main room se nikla.
Helmet dhoondha. Par mera proper helmet mil nahi raha tha.
Boys Hostel k rules me se ek hai ki Helmet chahe jo dikhe vo le jao aur mera Helmet bhi unhi rules k dayre me gayab ho gaya tha. Bas ek chhota sa helmet bacha tha.
Jo technically helmet tha par topi zyada lagta tha. Bina kisi aur option k maine vohi pehna and bike nikali

aur Burger King ke liye nikal gaya. Main bahut fast nahi chala raha tha. Aaram se.
20-30 ki speed. Normal evening thi.
Traffic usual Bangalore wala. Aur fir ek second me sab badal gaya.
Mere aage ek auto chal raha tha. Usne achanak brake maara.
Main panic me aaya aur maine bhi front brake zor se daba diya.
Basss, wahi galti ho gayi. Bike skid hui. Aur main seedha slide hota hua auto ke peeche jaake laga.
Itna zor ka impact tha ki auto ke peeche jo lohe ka stand hota hai uspe seedha mera face laga.
Aur ussi second, mujhe feel ho gaya tha.
Kuch serious hua hai. Mera upper lip literally phat chuka tha. Mujhe feel ho raha tha...
kyuki lip andar ki side latak raha tha.
Aur shock me hi maine do daant thook diye road pe. Sab kuch slow ho gaya.
Awaazein aa rahi thi, par clearly kuch samajh nahi aa raha tha. Main uth ke side me gaya.
Bike side me lagayi. Aur wahin road ke corner pe baith gaya. Tab tak log gather hona start ho chuke the.
Koi "arre baap re" bol raha tha...
koi paani la raha tha, koi auto wale pe chilla raha tha aur kuch log usse maarne bhi ja rahe the.
Pata nahi kyun, us state me bhi maine bas ek hi cheez boli *"Use mat maaro..."*
Aaj bhi vo reason nahi pata mujhe ki maine aisa kyu bola uss waqt. Fir wahi auto wala mere paas aaya.
Aur ekdum tension aur guilt bhari awaz me usne mujhse kaha "Bhaiya aap baitho, hospital le chalte hain." Us moment pe mujhe ek ajeeb sa feel hua. Jaise duniya ek second ke liye pause ho gayi ho.
Sab kuch mere saamne ho raha tha par main mentally freeze ho chuka tha.
Dar accident ka kam tha. Dar uske baad ka zyada tha.
Ab kya hoga?
Ye wala situation toh life ke syllabus me tha hi nahi.
Auto wale ne mera phone liya. Kisi classmate ko call kiya. Aur thodi der me...
mere friends bhaagte hue aa gaye. Mujhe paas ke hospital le gaye.
Wahan dressing start hui. Doctor ne ek baar dekha aur seedha bola "Ye deep injury hai. Inhe bigger hospital le jao." Aur fir naam aaya: Sakra World Hospital.
Mujhe wahan shift karne ki preparation hone lagi. Aur tab tak bhi main roya nahi tha.
Main bas chup tha. Poora dara hua. Par accident ka nahi. Mera sirf ek darr tha *"Ye jo face phata hai... dobara silne ke baad, mera chehra waise rahega na?"*

Mujhe abhi bhi yaad hai ki vo clinic se mujhe college k do dost mere sath Ambulance me Sakra ja rahe the. Mujhe leta rakha tha aur Ambulance ke andar mujhe baar baar ek hi cheez boli ja rahi thi "Sona Mat, Chakkar aaye to turant batana."
"Ankhein khuli rakhna."

Doctors ko doubt tha ki impact sinus side ya head pe toh nahi laga.
Aur main ambulance ki ceiling ko dekhte hue bas ek hi cheez soch raha tha ki - "kaash ye last aadha ghanta rewind ho jaaye."
"Kaash main hostel se nikla hi na hota."
"Kaash helmet mil gaya hota."
"Kaash brake thoda dheere lagaya hota."
Par life me "kaash" ka koi reverse gear nahi hota. Ambulance aage badh rahi thi aur mera dimaag bhi.
Ek ke baad ek thoughts aa rahe the.
"Mummy ko kya bolenge? Papa kaise aayenge? Itna paisa lagega kya? Papa ko bulana bhi chahiye ya

nahi? Itni serious hai kya situation?"
Aur sabse ajeeb baat pata hai? Pain se zyada tension paison ki ho rahi thi.
Shayad middle-class adulthood wahi hota hai. Accident me bhi aadmi pehle bill sochta hai.
Jaise taise karke Sakra pahunch gaye. Boys Hostel 50% vahan already pohonch chuka tha.
Sab bhaag-daud kar rahe the. Forms... doctors... medicines... discussions... Aur main curtain ke peeche chup-chaap leta hua sab sun raha tha. Tabhi kisi ne bola "Local guardian ko bulao."
Aur us moment pe mujhe yaad aaya, mera local guardian kaun tha.
"Jecil." Shayad aadhe ghante ke andar wo aa gaya. Aur bhai...
ajeeb baat bataun? Main dedh-do ghante se roya nahi tha.
Shock me tha. Blank tha. Bas chup tha. Par jaise hi maine Jecil ko dekha and pata nahi kya hua. Meri aankh se ek halka sa tear roll down ho gaya.
Bas ek-do boondein. Kyuki us moment pe main finally safe feel kar raha tha. Aur typical Jecil style me scene ko emotional hone hi nahi diya usne.
Mujhe dekhte hi bola "Bhai... ye bike se girna, accident karna mera kaam hai. Tu toh rider hai... tu kaise gir gaya?"
Phir hass ke bola "Kaunsi auto ko chumma deke aaya hai?"
Aur pata nahi kyun, us moment pe atmosphere halka ho gaya.
Jo log tension me khade the wo bhi halki si smile karne lage.
Fir wo mere paas aake dheere se bola: "Uncle se baat ho gayi hai. Wo kal aa rahe hain. Tu tension mat le. Soja... rest kar. Sab yahan handle ho jayega. Main hoon na."
Aisa laga ki mera dimaag ka half load utar diya ho. Main usko paas bula ke dheere se pucha -"Ab kya karenge ye log?"
Usne bola "Shayad surgery bol rahe hain. Upper lip zyada phat gaya hai."
Phir usual calm tone me "Par koi nahi... sab theek ho jayega."
Main kuch second chup raha. Fir maine uska haath pe ek ungli se knock karke dheere se pucha - *"Mera face pehle jaisa ho jayega na?"* Aur wo fir hassne laga aur bola "Abey... plastic surgery ke baad toh log aur handsome ho jaate hain. Filmo me hota hai na?"
Phir bola "Bol... kaunsa face chahiye tujhe?" Main us waqt properly hass bhi nahi paa raha tha.
Fate hue lips ke saath smile karna bhi mushkil tha.
Par fir bhi, andar thoda sa halka feel hua. Fir maine dheere se Jecil se ek request ki "Mummy se baat karwa de."
Usne phone milaya. Aur bola "Aunty me yaha hospital aa gaya, Doctor se bhi baat Karli hai aur Kannan se bhi mila, abhi thik hai. Kal surgery ka bol rahe hai."

Kannan.
Mujhe duniya me sirf teen log us naam se bulate hai.
Aunty.
Bhaiya.
Aur Jecil.
Baaki duniya ke liye main Mridul hu. Par unke liye " Kannan."

Usne phone mere haath me diya. Aur jaise hi mummy ki awaaz aayi wo ro padi.
"Maine kaha tha na bahar mat jana jyada"
"Hostel me kha leta..."
"Bike tez chalayi hogi tune"

Mummy ek saans me sab bol rahi thi. Rote hue.
Aur pata nahi us time itna confident kaise lag raha tha. Shayad main unhe calm karna chah raha tha.
Main bas bolta gaya – "Mummy tension mat lo, itna jyada kuch nahi hua"
"Me khud uth k side me gaya..."
"Bike bhi khud side lagayi..."
"Auto me khud baitha..."
"Mujhe sab yaad hai..."
"Main behosh bhi nahi hua."
"Doctor ne bhi poocha tha mujhse ki main unconscious hua ya nahi. Aur mujhe sach me poora route yaad tha Hospital tak ka."
Main mummy ko convince kar raha tha ki sab normal hai. Bas thodi si injury hai. Theek ho jayegi. Aur shayad meri awaaz sunke mummy bhi dheere dheere calm hone lagi. Phir unhone wahi typical comforting tone me bola "Achha... theek hai. Papa aa jayenge kal tak tu ab rest kar, Kuch nahi hoga..."

Aur kabhi kabhi hum strong isliye lagte hain kyuki apne parents ko toot-te hue nahi dekh sakte hai. Phone cut hua. Aur next day surgery planned thi. Raat ko hospital me ajeeb sa chaos tha. Doctors aa rahe the, nurses ja rahi thi, machines ki awaazein. Aur main bas chup-chaap leta hua ceiling dekh raha tha. Us raat mera sabse bada companion mera phone tha. Bas wahi mere saath tha. Aur Jecil, woh hospital me hi ruk gaya tha. Bahar jo attendants ke liye chhote beds lage hote hain, unme se ek pe wo so raha tha.

Us raat mujhe ek aur cheez samajh aayi. Jab mummy ka operation hua tha TB ke time...
tab wo itni strong kaise thi?
Kyuki jab koi hospital bed pe hota hai na, tab wo achanak bahut strong behave karne lagta hai. Kabhi kabhi zarurat se bhi zyada strong aur wo strength apne liye nahi hoti. Wo us insaan ke liye hoti hai jo aapke bed ke side me khada hota hai. Hospital me ek role hota hai : "*Attender.*"

Ye duniya ka sabse underrated role hai. Patient dard me hota hai. Par attender, wo poora waqt mentally ladaai lad raha hota hai. Doctors se baat karna, medicines dekhna, forms bharna, ghar walon ko sambhalna, khud ko sambhalna, Aur sabse mushkil hai strong dikhna.
Attender tab tak strong rehta hai jab tak patient himmat nahi haarta.
Patient toot jaaye toh attender bhi andar se hil jaata hai. Aur us waqt mera attender tha Jecil.
Aur 2000 kms door meri virtual attender thi mummy.
Agle din mera operation tha.
Mujhe operation theatre le jaaya gaya. Behosh hone se pehle tak mujhe sab yaad hai.
Doctor casually baat kar rahe the Main bhi aadhi sedation me jawab de raha tha aur uske baad blank.
Phir jab aankh khuli, main ek alag bed pe tha.
Side me aur bhi beds the. Machines ki halki awaazein aa rahi thi. Mere paas ek remote type button pada tha, jisme bell ka sign bana hua tha.
Maine wo press kiya.
Ek nurse aayi. Aur dheere se boli "Operation ho gaya hai. Abhi zyada movement mat kariye. Especially head movement." Phir boli "Thodi der me aapko ward me shift kar denge."
Maine dheere se poocha "Kaun aaya hai?"
Usne bola "Aapke father hain. Aur college se ek dost."
Behoshi aur medicines ke beech bhi mujhe sabse bada sukoon sirf ek cheez ka tha "*Papa aa gaye.*" Usi sukoon me ya fir dawaiyyo ke asar se me baad main fir aaram se aankh band karke so gaya.

Shayad pehli baar accident ke baad andar thoda safe feel hua tha. Do-teen ghante baad fir aankh khuli. Is baar mera pehla instinct tha *"Face kaisa lag raha hoga?"*
Main khud ko dekhna chahta tha. Par pata tha muh pe bandages lage hue hain.
Thodi der baad mujhe ward me shift kiya gaya. Aur mujhe abhi bhi yaad hai jaise hi ward ka bada sa door khula aur maine dekha meri poori MBA class saamne khadi thi.
Ek side. Line me aur doosri side me Papa. Andar ek ajeeb sa relief aaya ki papa akele nahi aaye. Koi unke saath bhi hai.

Mujhe ward me shift kiya gaya. Aur shaam tak Jecil bhi wapas aa gaya. Halanki hospital me sirf ek attender ruk sakta tha toh papa rukte the mere saath. Aur Jecil roz aata tha. Vo Hospital ka silsila ek week tak chala. Aur main dheere dheere recover hone laga. Us recovery phase me mujhe ek aur cheez samajh aayi. College ke second trimester me jo groups ke andar groups bane the wo sab mujhe dekhne hospital aaye the. Main ye proudly nahi bol raha.
Par us waqt realise hua *"Apne toh the."* Haan Yaarr... 2 saal khatam hone wale the. Sab apni apni life me chale jaane wale the. Par fir bhi 2 saalon me jo memories bani thi, wo temporary nahi thi.
College ne sirf degree nahi di thi.
Log diye the. Hospital se discharge hone ke baad college ne mujhe ground floor pe ek special room diya. Taaki papa mere saath ruk sake. Main apne MBA ke last dino ko me usi room me raha. Aur irony dekho... jis college life ko maine excitement aur freedom samajh ke start kiya tha uska ending stitches aur medicines ke saath ho raha tha. Maine apne final exams bhi wahi room me baith ke diye.
Bandaged face.
Medicines.
Aur beech beech me painkillers.
College khatam hua aur main kuch din Kerala gaya. Papa ke paas.
Aur fir wahan se seedha Bangalore nahi. Main wapas gaya ki Chittorgarh.
Mummy ke paas. Shayad adulthood ka circle complete ho raha tha. Jahan se nikla tha, zindagi mujhe fir wahi le aayi thi.

Vapas to The Janmabhoomi

Chittorgarh wapas aane ke baad ek cheez mujhe dheere-dheere feel hone lagi ki main apne college ko miss karne laga tha. Sirf Bangalore ko nahi but uss campus ko, uss hostel ko, aur sabse zyada un logon ko.

MBA ne mujhe sirf degree nahi di thi. Usne mujhe dost diye the. Usne mujhe jeene ka ek alag tareeka sikha diya tha. Dost aise jo alag-alag states se aaye the, alag cultures se, alag languages bolte the... par do saal mein ek family jaise ho gaye the.

Usi MBA Family ke 3 khaas aur nalayak dost the mere: Sulay, Puja aur Bombay.

Sulay aur Puja. Mere do Gujarati dost.

Puja woh dost thi jo kabhi judge nahi karti thi. Usne hamesha mujhe samajhne ki koshish ki.

Sulay, pure launda energy. Kabhi emotional baatein nahi karta tha, par bina bole samajh jaata tha ki saamne wala kis phase se guzar raha hai.

Aur phir - Bombay, asli naam Vivek Warrier, roots Kerala se, upbringing Mumbai mein. Shayad isi liye hum dono ki wavelength bahut jaldi match ho gayi thi. College ki sabse zyada bakchodi, late-night conversations, rules todna... bas ye poochna baaki tha ki kaunsa rule nahi toda. Aur honestly, uss sab mein Bombay hamesha saath tha.

Tab samajh aaya ki college khatam hone ke baad sabse zyada classes, assignments ya presentations yaad nahi aate, log yaad aate hain. Aur unhi yaadon ko saath leke main wapas Chittorgarh aa gaya tha.

Is baar wapas aane ka reason simple tha – "Job."

Tab tak Bangalore ka woh bachpan wala sapna dheere-dheere bas ek sapna lagne laga tha. Reality kuch aur thi. Mummy ka retirement paas aa raha tha. Ghar ki responsibilities saamne dikhne lagi thi. Single child tha aur jab aap apne parents ko age karte dekhte ho to emotionally khud ko rok nahi paate aur hamesha unka support banna chahte ho. Uss time apke sapne, ambitions aur baaki sab chiz wait kar sakti hai.

Aur maine ye bhi decide kiya ki ab ghar ke aas-paas hi job dhoondhni hai. Jaipur, Udaipur, Ahmedabad, Delhi, Indore... yahan tak ki Rajasthan ka ek chhota sa sheher Nasirabad bhi meri list mein aa chuka tha.

Main literally har jagah CV leke ghoom raha tha. Aur sach mein log bolte hain na "job dhoondte-dhoondte joote ghis jaate hain" woh sirf dialogue nahi hota. Mere actual joote ghis gaye the.

Par problem ek ajeeb si thi. Jitni bhi jobs mil rahi thi, unke liye ya toh main overqualified tha ya package itna kam hota tha ki samajh nahi aata tha kya karun.

Degree mil jaana aur job mil jaana - dono alag battles hote hain.

Phir ek din inbox mein ek mail aaya:

"Shriram Transport Finance Company is hiring for Management Trainees."

Walk-in interview chal raha tha. Interview process Jaipur mein tha. Pehle aptitude test, phir interviews, aur uske baad location decide ki jayegi apki job posting ki.

Phir kya, do din ka samaan pack kiya. Interview wali formal shirt, formal trousers... aur haan, naye formal shoes bhi le liye the. Purane wale toh literally ghis chuke the. Socha "naye shoes se shayad kuch naya luck bhi aa jaaye."

Main Jaipur gaya. Assessment diya aur clear ho gaya. Interview diya woh bhi clear ho gaya. Aur finally... job mil gayi.

Location? "Udaipur."

Aur, uss waqt mere liye usse better kuch ho hi nahi sakta tha. Ghar se sirf ninety kilometers door.

Package zyada nahi tha, par uss waqt mindset simple tha:
"Start toh karein... paise baad mein badh jayenge."
Abhi ghar ke paas rehna zyada important tha aur main Udaipur shift ho gaya. Weekdays mein ek chhote se room mein rehta tha aur weekends pe wapas Chittorgarh mummy ke paas aa jaata tha.
Dheere-dheere Udaipur bhi apna lagne laga.

Life phases mein chalti hai.
School ke dost alag hote hain.
College ke alag.
Kuch log ruk jaate hain kuch log bas ek phase tak saath chalte hain. Aur aap slowly gradually iss cycle ko accept karna seekh jaate ho. Main bhi wahi kar raha tha.
Bas... go with the flow.

The Call

Toh Udaipur ki life dheere-dheere set hone lagi thi. Subah office, shaam ko room pe wapas, aur weekends pe Chittorgarh. Zindagi ab ek routine mein chal rahi thi. Aur shayad wahi adulthood hota hai ki jab excitement dheere-dheere kam ho jaati hai aur stability zyada important lagne lagti hai.

Main Shriram Transport Finance mein loan management side pe kaam kar raha tha. Simple words mein bolo toh vehicles aur transport financing se related kaam tha. Kaun customer time pe repayment kar raha hai, kis profile ko loan diya ja sakta hai, unki credibility kya hai, risk factors kya hain... ye sab dekhna hota tha.

Aur honestly, shuru-shuru mein mujhe lagta tha job kaafi easy hogi. MBA karke aaye ho, management karna hai, thoda Excel, thodi meetings phir dheere-dheere manager ban jaoge. Simple.

Par practical world, books se bahut alag hota hai. MBA aapko concepts sikha deta hai par business ki reality field sikhati hai. Wahan emotions se zyada numbers chalte hain. Aur numbers ke peeche bhi ek hi cheez hoti hai: Business. Paisa. Sustainability. Risk.

Ye sab mujhe dheere-dheere samajh aane laga tha.

Aur Chittorgarh mein bhi ek cheez badal chuki thi jo shayad maine pehle properly notice nahi ki thi. Gracy Aunty ab wahan nahi thi. Unki family Kerala shift ho gayi thi. Uncle pehle hi Muscat se relocate ho chuke the, aur phir dheere-dheere poora ghar hi Kerala move kar gaya.

Toh ab mummy ki best friend Chittorgarh mein nahi thi. Aur shayad mummy bhi kahin na kahin wait hi kar rahi thi "bas ek saal aur..." Retirement ke baad woh bhi Kerala jaana chahti thi.

Haan, mummy aur aunty ke ghar Kerala mein kaafi door-door the, kareeban 70 - 80 kilometers. Par hum Malayalis ke liye na, Kerala hamesha ek hi lagta hai. North ho ya South Kerala, bas Kerala hi lagta hai.

Meanwhile, Udaipur apni speed se chal raha tha. Koi usse fast bolega, koi slow. Mere liye woh bas... normal tha. Life chal rahi thi. 3 din field pe relationship executives ke saath jaana hota tha. Wahaan actual sales aur financing ka kaam seekhne milta tha. Baaki din office mein. Dheere-dheere mujhe gaadiyon ke baare mein itna kuch pata chal gaya tha jitna maine kabhi imagine bhi nahi kiya tha.

Tata Magic se lekar bade commercial trucks tak. Kaunsi gaadi kitna load le sakti hai, tyres ki average life kya hoti hai, loan approve karte waqt kin cheezon ko check karte hain. MBA ne concepts diye the, par asli duniya field sikha rahi thi.

Office mein insurance side ka bhi kaam tha products, claims, implementation. Dheere-dheere sab samajh aane laga tha. Life finally stable lagne lagi thi.

Par phir ek din, office join kiye kareeban 3 - 4 mahine hue the. Main office mein baitha tha jab mummy ka call aaya.

Unki awaaz normal thi par thodi dheemi.

Pehle normal haal-chaal poocha. Phir casually bola,

"Is weekend aa raha hai na tu?"

Maine bola, "Haan."

Phir woh thodi der chup rahi. Aur boli,

"Achha, ek baat batani thi. Par thoda sambhalna."

Aur pata nahi kyun uss ek second mein dimaag mein hazaar cheezein aa gayi.

Mummy theek hain? Papa ko kuch hua? Ghar pe kuch hua hai?

Main uss waqt khada tha aur mummy ki baat sunte-sunte dheere se chair pe baith gaya.

Unhone bola,
"Abhi aunty se baat hui thi... Gracy aunty se."
Phir ek chhota sa pause.
"Pata chala... Jecil ko cancer hai."
Aur woh sentence sunte hi mere liye sab kuch ek second ke liye ruk gaya tha.
Main office ki window ke bahar dekh raha tha. Bahar main road pe traffic chal raha tha. Log aa-ja rahe the. Horns baj rahe the. Zindagi bilkul normal chal rahi thi.
Par mere andar sab freeze ho gaya tha.
Main khud ko sambhal ke mummy se poocha,
"Aunty ne aur kya bola?"
Mummy ne kaha,
"Zyada baat nahi ho paayi. Admit hua hai. Doctors bol rahe hain manageable hai... theek ho sakta hai."
Phir mummy ne ek aur line boli jo mere dimaag mein bahut time tak rahi:
"Achaanak nahi hua kuch time se chal raha tha. Bas hume pata nahi tha."
Uss din ke baad bahar se sab normal hi tha. Office jaana. Kaam karna. Field visits. Meetings. Reports.
Par andar kahin kuch change ho gaya tha.
Din mein kabhi-kabhi achanak dus-pandrah minute ke liye sab yaad aa jaata tha. Aur phir ek ajeeb sa darr lagne lagta tha. In sab ke beech bhi main khud ko completely lose nahi kar raha tha. Dar toh tha... bahut tha. Par main toot nahi raha tha. Life chal rahi thi aur office bhi, kaam bhi, future planning bhi. Bas kahin na kahin meri life ka ek hissa bahut buri tarah se hil gaya tha.
Kuch cheezein life mein bahut permanent lagti hain na - parents, dosti, bachpan ke log... woh emotions jo lagta hai kabhi change nahi honge. Aur phir achanak ek din ek word aata hai aur sab kuch hila deta hai.

"Cancer"
Ye sirf ek disease ka naam nahi hota. Ye ek aisa word hai jo andar tak darr bhar deta hai. Aur jab woh kisi apne ke saath jud jaaye toh samajh hi nahi aata kaise react karein.
Mujhe Jecil ko message karna tha. Poochna tha ki "kaisa hai?", "kya hua?", "sab theek ho jayega."
Par problem ye thi ki humari dosti mein kabhi aisi conversations hui hi nahi thi. Hum emotional conversations wale dost the hi nahi.
Haan, emotions the... bahut the. Par unko express karne ka tareeka alag tha.
Agar breakup hua hai toh pehle mazaak udaya jaata tha ki "Kitne bure tareeke se kata tera?"
Aur phir uske baad solution diya jaata tha.
Jab mera accident hua tha tab bhi uska pehla sawaal tha,
"Kaunsi auto ko choomne chala gaya tha?"
Hum log "strong rehna", "sab theek ho jayega" type conversations karna jaante hi nahi the. Par pata hota tha ki saamne wala handle kar lega. Shayad wahi humara comfort zone tha.
Toh maine ek din bas itna message kiya:
"Hi bhai, kaisa hai?"
Woh message mere liye bahut heavy tha. Kyunki uske baad kya bolna hai mujhe samajh hi nahi aa raha tha.
Phir maine wahi kiya jo hum normal days mein karte the.
Jecil guitar bahut achha bajata tha. Aur main kabhi-kabhi kisi ko impress karne ke liye usse guitar chords maang leta tha aur phir aage show off karta tha jaise maine khud seekha ho. Talent uska tha... show off mera. Humari friendship ka balance hi wahi tha.

Toh maine usko message kiya:
“Sach Keh Raha Hai Deewana ke guitar chords bhej de zara.”
Do ghante baad uska reply aaya:
“Bhai abhi hospital mein hoon. Guitar paas mein nahi hai. Do-teen din mein bhejta hoon.”
Maine reply kiya,
“Okay. Baaki sab theek?”
Usne bola: “Haan haan, sab maze mein.”
Bas itni si baat hui.
Phone karne ka mann tha. Bahut tha. Par normal wali baat karne ka mann tha. Aur pata nahi kyun… kar nahi paaya. Shayad hum dono ko nahi aata tha woh sab uss waqt.
Kabhi-kabhi dosti mein sabse mushkil cheez “I’m scared for you” bolna hota hai.
Meanwhile meri life bhi fast forward mein chal rahi thi. Mummy retirement ke close aa chuki thi. Mujhe better job secure karni thi. Shriram mein job comfortable thi, par mujhe jaldi samajh aa gaya tha ki comfort zone mein rehke growth nahi hoti.
Toh maine phir se jobs dekhna start kiya - Delhi, Mumbai… aur obviously Bangalore.
Aur isi beech ek din Sulay ka message aaya:
“Bhai idhar aa ja. Job mil jayegi.”
Aur, Bangalore ko dobara kaun mana karta?
Par andar hi andar ek conflict bhi chal raha tha. Main Chittorgarh isliye wapas aaya tha taaki mummy akeli feel na karein. Aur ab phir se jaane ka soch raha tha.
Tab mummy ne hi mujhe samjhaya.
“Ab agar tu nahi gaya na… toh yahin phas jayega. 6 mahine baad main retire hoke Kerala chali jaungi. Tu bhi eventually niklega hi.”
Aur woh practical baat thi.
Chittorgarh mere liye apna tha. Bahut apna. Par samajh aa raha tha ki growth ke liye bade sheher jaana hi padega. Aur agar jaana hi hai, toh preparation abhi se start karni padegi.
Kabhi-kabhi parents hume rok ke protect nahi karte balki push karke protect karte hain.
Toh maine bhi decide kar liya. Sulay ki baat samajh gaya. Mummy ki baat bhi samajh gaya. Aur main phir se Bangalore ke liye pack karne laga. “Fir Se”
Bas is baar difference tha.
Pehli baar college tha. Hostel tha. Structure tha. Safety net tha.
Ab kuch bhi fixed nahi tha. Na room. Na plan. Na certainty.
Kuch dost sirf dost nahi hote. Woh aapki life mein bridges ban jaate hain. Sulay aur Puja mere liye wahi the. Ek bridge. Ek transition. Ek reminder ki naye sheher mein bhi apne log mil sakte hain.

Right Moment Naam Ki Koi Cheez Nahi Hoti

MBA ne theories sikhayi thi. Shriram ne field sikhaya tha. Business sikhaya tha. Aur adulthood survive karna woh dono milke sikha rahe the.
Resume update karna. Interviews crack karna. Career gap professionally explain karna. Accident ke baare mein corporate language mein baat karna. Har chhoti cheez dheere-dheere seekh raha tha.
Aur phir wahi phase start ho gaya - roz interviews, roz travel, roz hope aur rejection ka cycle.
Par is baar zyada time nahi laga. Do mahine ke andar hi mera selection ho gaya.
Us waqt Amazon mein walk-in drives chal rahe the. Amazon ko us time hum bas ek company nahi samajhte the e-commerce ka "Great Khali" tha tab bhi aur abhi bhi.

Sulay aur Puja ne kaha, "Ek baar jaake toh dekh."
Main gaya. Pehla aptitude round clear hua. 15 din baad 2nd Round hone wala tha followed by 3rd Round.
Mummy bhi khush thi. Unhe lag raha tha life finally settle ho rahi hai. Main bhi wahi feel kar raha tha.

Vo 2 mahine meri life k kuch vulnerable, struggle, directionless days me the. Din mein interviews. Shaam ko Sulay aur Puja ke saath self-preparation. Mock answers. HR questions. Confidence build karna. Aur raat ko Bangalore ki hawa.
Life phir se chal padi thi. Par ek ajeeb si baat thi. Main Bangalore phir se jee raha tha par uss insaan ke bina jiske saath maine ye sapna pehli baar dekha tha.
Jiske saath maine Bangalore mein rehne ke plans banaye the wahi insaan uss waqt cancer se lad raha tha.
Aur ye baat andar hi andar roz chalti rehti thi.
Main Bangalore wapas aa chuka tha. Nayi job ki race, naye interviews, naya routine aur sab dheere-dheere set ho raha tha. Aur job lag bhi gayi thi.
Lekin din mein kabhi 5 minute ke liye kabhi aadhe ghante ke liye dimaag achanak usi taraf chala jaata tha.
"Ab kaisa hoga?"
"Treatment kaisa chal raha hoga?"
"Akela baithke kya sochta hoga?"
Beech-beech mein mummy se bhi poochta tha. Unhe bhi bas utna hi pata hota ki treatment chal raha hai, doctors dekh rahe hain, ab thoda better hai. Aur har baar wahi sunke main khud ko samjha deta tha.
Ek din maine usse message kar hi diya:
"Hey bhai, ab kaisa hai tu?"
Koi reply nahi aaya.
Aur uss waqt bura bhi nahi laga. Kyunki pehli baar zindagi mein samajh aa raha tha ki kuch ladaiiyan aisi hoti hain jahan insaan ke paas reply karne ki bhi energy nahi bachti.
Ho sakta hai phone door rakha ho. Ho sakta hai baat karne ka mann na ho. Ho sakta hai bas thak gaya ho.
Par darr tha. Bahut zyada darr tha.
Aur ajeeb baat ye thi ki uss darr ke beech bhi main sapne dekhna band nahi kar raha tha. Shayad aur

zyada dekhne laga tha.
Jab koi bahut apna mushkil mein hota hai na... toh dimaag baar-baar ek hi cheez sochta hai:
"Bas ye sab theek ho jaaye phir sab pehle jaisa kar lenge."
Main bhi wahi soch raha tha. Sochta tha ki job lag jayegi, office start hoga, woh theek ho jayega phir Bangalore mein paas mein ghar lenge, weekends pe milenge, long rides pe jayenge.
Shayad bachpan wala phase wapas aa gaya tha. Bas iss baar hum bade ho chuke the.
Main phir se future design karne laga tha - Jecil ke saath, Sulay ke saath, Puja ke saath.
Fir Amazon ka second round hua - 15 din baad. Aur uss din interview mein unhone almost wahi sawaal pooche jinke liye Sulay aur Puja mujhe prepare kar rahe the.
"Bangalore chhod ke wapas kyun gaye?"
"Gap explain kijiye."
"Accident ke baad career kaise continue kiya?"
Aur pehli baar mujhe laga: haan, ab main ready hoon.
Maine har sawaal ka bina ghabraye jawab diya. Kahin na kahin woh MBA, woh struggle, woh Udaipur wali job, woh rejections. Sab mere saath uss room mein baithe the.

2nd Round k baad pata lag chuka tha ki mera ho chuka hai. 3rd Round ek formality tha jise aajkal HR discussion bolte hai. Jisme apka din kaisa rahega, relocate karloge, package ye hone wala hai sab discuss hota hai. Technically, 2nd round me pata lag gaya tha ki "Yes, its Amazon and I did it finally."

3rd Round 2 din baad hone wala tha. Mummy ko bata diya tha, Sulay aur Puja ko bhi bata diya tha ki ho Jayega but celebrate karenge once I get the offer letter. Andar hi andar ek awaj thi ki "Jecil ko bhi bata du kya?" Pehle wale message ka reply nahi aya tha but ek message drop kar deta hu ki "Amazon me ho gaya tere bhai ka."

But pata nahi iss news ko maine documented tarike se confirm hone tak ka wait kar lena chahiyye hi uss time sahi samjha. Aur fir 2 din baad 3rd Round hua. As expected, Interview khatam hua. Main bahar aaya. Aur andar hi andar khud ko shabashi di.

Uss din pehli baar laga ki shayad zindagi mujhe phir se ek chance de rahi hai. Aur uss din shaam tak mere inbox mein Amazon ka offer letter tha. Main chup-chaap screen ko dekhta raha.
Itne saalon baad itni vulnerability, itni uncertainty, itne compromises ke baad woh sapna jise maine bachpan ki baat samajh ke side kar diya tha, woh phir se mere saamne khada tha.
Jaise Bangalore phir se bol raha ho: "Tu apna hi hai."
Ghar pe bataya. Mummy khush thi. Sulay aur Puja mujhse zyada excited the.
Uss raat hum bahar gaye. Chhoti si party hui. Kuch bada nahi. Bas teen log baithe the aur zindagi thodi halki lag rahi thi.
Lekin poori raat ek cheez dimaag mein ghoom rahi thi
Jecil ko batana hai.
Kyuki kahin na kahin ye sapna humne saath dekha tha.
Maine socha, "Kal call karta hoon."
Message nahi. Seedha call. Ye typed words wala moment nahi tha.
Aur phir, agla din bilkul normal tha. Itna normal ki shayad zindagi sabse bade tufaano se pehle isi tarah behave karti hai.
Sulay jaldi ready hoke office nikal gaya tha. Puja bhi late hone ki complaint karte hue bhaag gayi.
Ghar mein achanak ek sannata reh gaya. Main akela tha. Haath mein offer letter tha. Aur dimaag mein

bas ek hi baat:
"Aaj Jecil ko call karta hoon."
Main varanda mein baitha tha. Subah ki halki dhoop andar aa rahi thi. Bangalore uss din mujhe pehli baar poori tarah apna lag raha tha. Jaise itne saalon baad sheher ne finally bola ho:
"Chal... ab tu yahin ka hai."
Tabhi mummy ka phone aaya.
Pehle normal baat hui.
"Khana khaya?"
"Joining kab hai?"
"Sulay aur Puja office nikal gaye?"
Phir unki awaaz dheemi ho gayi.
Aur jab Maa ki awaaz toot jati hai na, usse pehle shabd nahi toot-te. Saans toot jaati hai.
Mujhe turant samajh aa gaya. Kuch toh galat hai.
Dil bahut tez dhadakne laga. Maine dheere se poocha:
"Kya hua Mummy?"
Do-teen second sirf saanson ki awaaz aayi.
Aur phir mummy ne bola:
"Beta... Jecil nahi raha."
Bas itna hi.
Na koi background music tha. Na koi dramatic moment. Na aasmaan toota. Na duniya ruki.
Par mere andar sab kuch khatam ho gaya.
Kehte hain na kuch khabrein insaan sunta nahi hai, sehta hai.
Woh pehli khabar thi jo main seh nahi paaya.
Mujhe aaj bhi yaad hai, phone haath se neeche sarak gaya tha. Main deewan pe baitha phir jhuk gaya. Samajh hi nahi aa raha tha saans kaise leni hai. Rona aa raha tha. Bahut zyada. Par aansu bhi shock mein the. Jaise body ko samajh hi nahi aa raha ho react kaise karna hai.
Seene mein ek ajeeb sa dard utha. Main uthke washbasin tak gaya aur jo bhi subah khaya tha sab bahar aa gaya.

Dimaag mein bas flashbacks chal rahe the.
Basketball court. Cricket ground. School bus stop. Woh computer jahan hum Bangalore ke baare mein search karte the. Woh room jahan hum future ke plans banate the. Woh guitar, jise bajate hue woh bolta tha, "Bhai, naya chord seekha hai... sunega?"
Uski awaaz tak sunai de rahi thi mujhe uss waqt. Jaise koi purani cassette baar-baar rewind ho rahi ho. Kabhi-kabhi life ek sentence mein aadmi ka poora timeline chala deti hai.

Aur uss moment mein ek sentence mere dimaag mein baar-baar ghoom raha tha:
"Maine usse bataya hi nahi..."
Sirf 3 din pehle second round hua tha. Mujhe almost pata tha job lag gayi hai. Main usse bata sakta tha. Sirf 3 din. Par maine socha, "Third round ho jaaye phir call karta hoon. Thoda pakka ho jaaye phir baat kar lunga. Right moment pe bataunga."
Par shayad zindagi ne ussi din mujhe sabse bada lesson diya: Right moment naam ki koi cheez hoti hi nahi hai. Jo log apne hote hain na, unhe bas bata dena chahiye. **Bol dena chahiye**.
Kyuki zindagi wait bahut kam karti hai.
Regret ki definition Mujhe samajh aa gayi thi uss din. Regret sirf kisi ke chale jaane ka dukh nahi hota.

Regret woh saari baatein hoti hain jo hum bol nahi paate.

Main bas wahin baitha tha. Haath kaanp rahe the. Saans bhaari ho rahi thi. Aur dimaag mein bas memories chal rahi thi.

Do school ke bachche desktop pe “Bangalore” search kar rahe hain.

Main pull shot maar ke Jecil ki taraf dekh raha hoon

“Kaisa laga?”

Aur woh three pointer daal ke meri taraf dekh raha hai

“Shot chhod... ye dekh kaisa laga.”

Scooty ki chabi dhoondhna. Petrol ke liye paise jama karna. Guitar chords. Chai ki thadi.

Poora bachpan ek saath mere saamne baitha hua tha.

Us raat Puja aur Sulay office se jaldi aa gaye the kyunki maine unhe bata diya tha.

Woh dono bas aake mere saath baithe rahe kaafi der tak.

Main zyada bol nahi raha tha. Bas kabhi wall ko dekhta, kabhi phone ko.

Aur woh raat kaise nikli honestly pata hi nahi chala. Agli subah maine mummy ko phone karke bola ki main Kerala jaana chahta hoon, aunty aur uncle ke paas.

Mummy ne bahut dheere se kaha,

“Beta, iss haal mein tu usse dekh nahi paayega.”

Aur shayad woh sahi thi. Main physically Bangalore mein tha par mentally kahin beech mein atak gaya tha.

Na poori tarah yahan...

na poori tarah wahan.

Do din baad main finally Kerala pahucha.

Seedha Jecil ke ghar gaya.

Wahan woh bheed nahi thi jo usually pehle din hoti hai.

Na zyada shor.

Bas ek ajeeb sa sannata tha.

Aunty thi...

Uncle the...

Bhaiya the...

Aur ghar ke har corner mein uski yaad thi.

Hum log baithkar uske last days ke baare mein baat kar rahe the.

Tabhi uncle ne ek baat boli jisne mujhe andar tak tod diya. Unhone kaha,

“Last days mein woh phone theek se dekh nahi paata tha, sab kuch zoom karke dekhta tha.”

Aur us moment pe mere dimaag mein woh message flash hua. Wahi message jo maine bheja tha

“Bhai kaisa hai?”

Aur jab uska reply nahi aaya tha - tab mujhe laga tha shayad busy hoga, thak gaya hoga, baad mein baat kar lenge.

Par us din samajh aaya shayad woh mere messages dekh hi nahi paa raha tha.

Shayad woh baat karne ki condition mein hi nahi tha.

Aur irony dekho main uss waqt jobs search kar raha tha aur woh mujhse kahin badi fight lad raha tha.

Us din pehli baar real regret feel hua. Kaash maine usse call kar liya hota.

Kaash maine bas itna bol diya hota, “Bhai Amazon mein ho gaya mera.”

Mujhe pata hai woh bahut khush hota. Bahut zyada. Kyuki woh aisa hi tha.

Meri har chhoti achievement pe genuinely khush hone wala insaan.

Chahe maine wide jaati ball ko touch bhi na kiya ho woh usme bhi bol deta tha,
“Bhai shot mast tha.”
Main kuch haar jaun toh sabse pehle woh hi bolta tha,
“Bhai isme bhi learning hai, tension mat le.”
Aur main usse ek aakhri khushi bhi nahi de paaya.
Main aur uncle baithkar uski baatein yaad kar rahe the.
Kaise hospital mein bhi mazak karta tha.
Kaise last days mein bhi uncle ko bolta rehta tha,
“Main theek ho jaunga… mujhe kuch nahi hoga.”
Uncle bata rahe the ki gharwale andar se toot rahe the par woh unhe bhi hasa raha tha.
Aur shayad wahi Jecil tha. Khud pain mein rehkar bhi saamne wale ko comfort dene wala insaan.
Isi beech Chittorgarh se messages aane start ho gaye the.
School friends…
classmates…
college wale…
sab pooch rahe the,
“Bhai ye sach hai kya?”
Aur har baar jab main type karta tha,
“Haan… ab woh humare beech nahi hai…”
toh aisa lagta tha jaise andar kuch aur toot raha ho.
Uska Facebook wall bhar chuka tha:
“Miss you.”
“Gone too soon.”
“RIP.”
Aur main bas uske purane photos scroll kar raha tha.
Jaipur wala match…
random food outings…
uski guitar recordings…
woh stupid videos jahan hum bina wajah hi has rahe hote the.
Main un recordings ko baar-baar sun raha tha. Jaise insaan nahi bas awaaz bach gayi ho.
Aur shayad grief ka sabse cruel part wahi hota hai. Aapko reality pata hoti hai par dil baar-baar miracle maangta rehta hai. Church mein prayers ho rahi thi. Main bhi pray kar raha tha.
Par un sabke beech agar sabse zyada strength kisi mein thi toh woh uncle aur aunty the.
Andar se poori tarah toot chuke the woh clearly dikh raha tha. Phir bhi har aane wale insaan ko sambhal rahe the. Baad mein bhaiya ne ek baat boli jo mujhe aaj tak yaad hai.
“Yaar hum log hamesha uska mazaak udaate the par jaate-jaate bhi rula ke nahi gaya sabko hasaana sikha ke gaya hai.”
Aur sach mein shayad Jecil wahi message chhod gaya tha.
Khud khush raho. Logon ko bhi khush rakho.
Aur jitna ho sake kisi ki fight thodi si easy bana do.
Uske baad bhaiya ne apne tarike se aur maine apne tarike se milkar leukemia patients aur bone marrow donation ke baare mein logon ko batana start kiya.
Kyuki kahin na kahin bas ye lag raha tha agar kisi ek donation se kisi ka dost bach jaaye…
kisi ka beta bach jaaye…

kisi ka bhai bach jaaye...
kisi ka classmate...
kisi ka best guitarist...
kisi ka best basketball player bach jaaye...
toh shayad kisi aur ko woh phone call na sunna pade jo maine suna tha.

Jecil ke jaane ke kaafi time baad mujhe sabse mushkil cheez ye nahi lag rahi thi ki woh iss duniya mein nahi hai. Sabse mushkil cheez ye thi ki mera dimaag abhi bhi usse aas-paas hi maanta tha.
Aaj bhi kabhi kuch funny hota tha toh haath automatically phone ki taraf chala jaata.
Kuch ajeeb hota toh lagta "Isko batana hai."
Kahin guitar dikh jaata toh uska chehra yaad aa jaata.
Insaan jab chala jaata hai na tab pehle uski absence feel nahi hoti. Pehle uski presence har jagah feel hoti hai. Aur shayad wahi grief hota hai.
Us waqt mere andar baar-baar memories rewind ho rahi thi.
Hum Jaipur match dekhne ja rahe hain...
Woh mujhe flight ke baare mein samjha raha hai...
Hospital mein khade hokar mera mazaak uda raha hai...
Sab kuch baar-baar flash ho raha tha dimaag mein.
Aur irony dekho, jis Bangalore ko humne saath jeene ka sapna dekha tha, wahi Bangalore mujhe career de raha tha.
Achhi company.
Achhi growth.
Achha future.
Bas... Jecil nahi tha.
Maybe yahi sach mein zindagi hai.
Maybe yahi bada hona hota hai.
Aur shayad yahi hota hai life ko actually samajhna.
Kuch dukh kabhi kam nahi hote. Kuch losses kabhi khatam nahi hote. Bas hum dheere-dheere unhe apne andar jagah dena seekh jaate hain.
Jecil ke jaane ke baad bhi meri zindagi ruk nahi rahi thi.
Aur honestly, shayad usse bhi yahi pasand aata ki main rukoon nahi. Toh ussi grief, ussi khaali-pan aur ussi adhurepan ko andar lekar, bees din baad main Amazon join karne pahunch gaya.

The Show Must Go Onn

Aaj bhi mujhe date yaad hai.
30th April 2019.
Pehla din bas orientation ka tha. Kaam kuch khaas nahi tha. Bas naye log, naye faces, naye introductions. Aur andar kahin ek ajeeb si feeling thi… jaise zindagi mujhe forcefully aage dhakel rahi ho.
Next day mera birthday tha.
Main 25 saal ka hone wala tha.
Silver jubilee.
Ek nayi job.
Ek nayi beginning.
Ek nayi life.
Bas mere andar ek piece missing tha. Lekin shayad life wahi hoti hai jab aapko missing pieces ke saath bhi jeena seekhna padta hai. Orientation mein trainer ne hum sabko introduce hone ko bola aur ek interesting fact apne baare mein batane ko kaha.
Meri baari aayi toh maine dheere se apna intro diya. Maine bola ki main Chittorgarh ki galiyon mein bada hua hoon, roots Kerala se hain, graduation Udaipur se hui aur MBA Bangalore se.
Phir halki si smile ke saath maine bola,
"Interesting fact about me… tomorrow is going to be a very special day for me. I'll turn twenty-five. Aur shayad main apni silver jubilee ek new family ke saath celebrate karunga… and that's Amazon… and that's all of you people."
Hum around sixteen log the us batch mein. Kuch log hase. Kuch ne clap kiya. Kuch genuinely happy lage.
Aur us moment mein mujhe pehli baar laga ki shayad zindagi sach mein naye chapters likhti hai.
Kabhi-kabhi exactly us waqt… jab aapko lagta hai ki story ruk gayi hai.
Shaam ko jab ghar wapas aaya toh Puja aur Sulay hamesha ki tarah wait kar rahe the.
"Kaisa gaya?"
"Log kaise hain?"
"Trainer irritating toh nahi hai?"
Simple questions the. Casual conversations.
Par ab sochta hoon toh samajh aata hai ki woh dono bina bole mera dhyaan rakh rahe the.
Aur shayad acche dost wahi hote hain.
Woh baar-baar yeh nahi bolte ki "hum tere saath hain."
Woh bas chup-chaap aapke tootey hue parts ko sambhalte rehte hain jab tak aap dheere-dheere khud ko wapas feel karna start nahi kar dete. Us raat humne ghar pe ek chhota sa cake cut kiya.
Kuch fancy nahi.
Bas simple sa celebration.
Exactly waise hi jaise mujhe chahiye tha. Next day office mein training chal rahi thi tab trainer ne suddenly bola,

"Guys, let's go to the pantry."
Main normally uthkar gaya. Sab log bhi saath aaye. Aur pantry mein jaake dekha toh mere liye ek cake rakha hua tha.
Small surprise birthday celebration. Us moment mein main bas khade hoke sabko dekh raha tha.
Kyuki zindagi ne ek mahine mein mujhe ek bahut ajeeb cheez sikhayi thi.
Khushiyan hamesha dhoondhni nahi padti. Kabhi-kabhi woh khud chalke aapke paas aa jaati hain.
Aur shayad agar aap logon ko khush rakhna seekh jao... toh zindagi bhi kahin na kahin aapke hisse ki khushi wapas bhej hi deti hai.
Aur honestly, Jecil exactly yahi karta tha.
Khud pain mein hoke bhi saamne wale ko halka feel karwana. Main wahan khada hoke sabko thank you bol raha tha aur pata nahi kaise baat phir ussi tak pahunch gayi.
Maine bas itna bola,
"Recently I lost one of my closest friends... honestly more like a brother. He was suffering from leukemia." Sab log kuch seconds ke liye completely silent ho gaye. Phir maine bas ek chhoti si request ki.
"Please keep him in your prayers. Aur agar possible ho kabhi then, Please help cancer patients, help leukemia patients. Bone marrow donate kariye agar kar sakte ho. Because we never really know what battles people are fighting silently."
Aur us silence mein pehli baar mujhe laga shayad maine uske liye kuch acha kiya hai. I looked up to the heavens and I felt at that moment ki me aur Jecil ne ek dusre ko smile paas ki.
Jaise usne mujhe kaha ho – "Good job"
Aur maine use kaha – "Thank you."

Uske baad meri Amazon journey officially start hui.
Ussi sheher mein... jahan kabhi 2 school ke bachhon ne sapna dekha tha
Tab woh sirf ek dream tha. Aaj main ussi dream ke andar jee raha tha.
Aur Bangalore ab mere liye sirf sheher nahi raha tha. Yeh sheher mera ghar banne wala tha.

Seven Years Later

Saat saal guzar chuke the. Amazon mein teen promotions ho chuke the. Aur me ab Kannada gothilla" se "Ha Maga, Kannada gothu, neevu maarthadu" tak aa chuka tha. Ye sheher mera ya me iss sheher ko bolo same hi hai ab.

Ek aisa sheher jahan har language sunne ko mil jaati hai.
Jahan har state ka banda apni jagah bana leta hai.
Jahan late-night chai bhi therapy lagti hai.
Jahan traffic irritating bhi hota hai... aur strangely comforting bhi.
Main Bangalore ko uske traffic ke saath bhi pasand karta hoon.
Kyuki wahi traffic kabhi-kabhi best conversations de deta hai.
Wahi roads random memories bana deti hain.
Wahi city strangers ko family bana deti hai.
RCB ke liye chillana... woh feeling bhi shayad kahin aur nahi milti.
Aur Bangalore ki ek aur ajeeb si baat hai.
Aap kisi ek kaam ke liye ghar se niklo... ho sakta hai woh exact kaam na ho.
Par kuch na kuch meaningful leke aap wapas zaroor aate ho.
Kabhi ek memory.
Kabhi ek conversation.
Kabhi ek dost.
Kabhi life ka next chapter.
Aur shayad isi liye... Bangalore sirf careers nahi deta.
Kabhi-kabhi woh logon ko unka naya version de deta hai.

Ab life bhi kaafi badal chuki thi.
Log aaye.
Log gaye.
Kuch dusri companies mein chale gaye.
Kuch dusre departments mein shift ho gaye.
Kuch log sirf LinkedIn connections banke reh gaye.
Aur in sab ke beech maine ek cheez notice ki...
Zindagi mein bahut kam log constants rehte hain.
Aur shayad ab main bhi unhi constants ko dhoondhne laga tha.
Aaj bhi logon ko khush rakhne ki koshish karta hoon.
Doston ko randomly call kar deta hoon.
Family ko chhoti-chhoti surprises de deta hoon.

Agar kisi ka din thoda better ho gaya meri wajah se toh pata nahi kyun andar achha lagta hai.
Shayad yeh aadat ab meri personality ban chuki thi.
Aur kahin na kahin maine yeh Jecil se hi seekha tha.
Usse aaj bhi miss karta hoon. Kuch log replace nahi hote.
Bas unki jagah dil mein permanent ho jaati hai.
Isi beech mein meri dosti hui ek bahut khaas dost se.

Sandeep.
Technically bolun toh... "Shraddha ka Pati", kyuki aaj bhi maine uska number phone mein isi naam se save kar rakha hai. Shradha meri colleague hai.
Aur Sandeep Amazon mein nahi tha par Shradha ke through ya fir kaise bhi to dost ban gaya.
Waise bhi Bangalore ki ek ajeeb si quality hai.
Yeh city kabhi-kabhi unrelated logon ko bhi life mein connect kar deta hai. Sandeep se jab bhi group outings ya kahi bhi milta to lagta tha - Yeh banda jahan hota hai, wahan mahaul automatically halka ho jaata hai.
Hamesha hasta hua. Sabko hasata hua.
Bilkul effortless energy.
Office ke baad jab hum log din bhar ki thakaan lekar baithte the aur bas kisi apne ke saath thodi der normal feel karna hota tha tab woh un logon mein se tha jo bina try kiye aapki energy wapas le aata tha.

Sabka dhyaan rakhne wala, sabka khayal rakhne wala.
Aur sabse important, bina kisi dikhave ka insaan.
Aur honestly, adulthood mein genuine log luxury jaise lagte hain.
In saat saalon mein aisa bhi nahi tha ki life easy thi.
Office ki tensions.
Targets.
Deadlines.
Ghar ki responsibilities.
Mummy papa ki health.
Apne fears.
Kabhi loneliness.
Kabhi overthinking.
Sab saath-saath chal raha tha.
Bas difference itna tha ki ab kandhe thode strong ho chuke the.
Shayad mummy-papa ne itne saalon mein bas yahi sikhaya tha
"Thak jao toh ruk jaana... par tootna mat."
Aur shayad isi liye har mushkil ke baad main khud ko bas yahi bolta tha...
"Thoda time de... sab theek kar denge."
Phir ek din pata chala ki Sandeep papa banne wala hai.
Sach bolun... jitni khushi mujhe hui thi na shayad utni maine kabhi uske saamne express bhi nahi kari.
Us chhote se aane wale miracle ke liye mere andar already ek alag sa attachment ho gaya tha.
Maine toh mazaak mein mann hi mann decide bhi kar liya tha...
"Yeh mera chela rahega."

Par ussi phase mein mujhe ek purani baat bhi yaad aayi.
College mein ek bhaiya ne kabhi bola tha:
"Doston ko time ke saath filter karna seekh. Kuch log temporary hote hain aur kuch permanent."
Us waqt woh line ajeeb lagi thi.
Kyuki us age mein lagta hai jo aaj saath hai woh hamesha rahega.
Par waqt dheere-dheere har relationship ka asli matlab samjha deta hai.
Phir aaya Shradha aur Sandeep ka baby shower – 23 Feb'26
Hum sab Mysore mein the. Function khatam ho chuka tha.
Shaam ho gayi thi. Hum log hall ke bahar khade the. Bangalore ke liye nikalne ki taiyyari me.
Halki thandi hawa chal rahi thi. Haath mein chai ka cup tha.
Aur wahi random doston wali scattered conversations chal rahi thi.
"Function mast gaya."
"Food achha tha."
"Tum log ab Bangalore kab tak pohonch jaoge?"
Wahi normal baatein. Phir maine casually Sandeep se bola,
"Bhai sabko bahut achhe se manage kiya."
Aur woh haste hue bilkul casually bolta hai,

"**Bhai main na apna circle bahut chhota rakhta hoon. Usse sab easy ho jaata hai. Kuch dost hain tum log jaise bas pata tha tum log aaoge. Aur wahi log aaye jo hamesha aate hain.**"
Bas.
Ek simple si line. Par us line ne mere andar kuch rok diya. Kyuki exactly yahi baat maine saalon pehle kisi aur se suni thi. Ummm.......
Jecil.
Aur us moment mein uska chehra itna clearly dimaag mein aaya jaise koi purani movie ka scene achanak screen pe chal pada ho.
Wahi tone.
Wahi warmth.
Aur us moment mein mujhe laga shayad zindagi kabhi-kabhi bahut quietly answers deti hai.
Jaise kisi ne dheere se kandhe pe haath rakhkar bola ho:
"Dekha? Kuch log jaate nahi hain... bas alag-alag logon mein thoda-thoda wapas aa jaate hain."
Maine us waqt kisi ko kuch nahi bola.
Bas chup-chaap woh moment feel karta raha.
Shayad agle 15-20 minutes tak main sirf andar hi andar smile kar raha tha.
Wapas Bangalore laut rahe the hum log. 180 kms ka raasta tha.
Aur poore raaste mere dimaag mein bas ek hi thought chal raha tha.
Main khush hoon. Aur haan ek regret shayad hamesha rahega.
Woh last call. Woh "bhai meri job lag gayi" wala message jo main kabhi Jecil ko bhej nahi paaya.
Lekin shayad zindagi ka matlab sirf adhuri cheezon pe rote rehna nahi hota.
Kuch log aapko chhodkar bhi aapko jeena sikha jaate hain.
Aur shayad Jecil ne bhi mere saath wahi kiya.
Usne jaate-jaate yeh sikha diya ki: Logon ko khush rakhna chhoti baat nahi hoti.
Kisi ke difficult phase mein sirf saath baith jaana bhi bahut badi baat hoti hai.
Aur naye logon pe trust karna kabhi band nahi karna chahiye.
Kyuki zindagi har baar sirf cheenti nahi hai, kabhi-kabhi wapas bhi deti hai.

Shayad usi ka jawab tha Sandeep.
Aur wahin kahin mujhe laga kahani poori ho gayi hai.
Poori isliye nahi ki sab theek ho gaya.
Poori isiliye Kyuki end mein shayad life ka matlab sirf khush rehna nahi hota balki un logon ko yaad rakhna hota hai jinhone humein jeena sikhaya.
Kuch log saath chalke life change kar dete hain.
Aur kuch log chale jaate hai magar kuch sikha k jaate hai.
Jecil unhi logon mein se tha jo mujhe ye sikha gaya ki feelings ko hold karke rakhne se better hai:

"Bol Dena Chahiye."

Apne logon ko appreciate karna ho: "Bol Dena Chahiye."

Kisi ki yaad aa rahi ho: "Bol Dena Chahiye."

Kisi pe proud feel ho raha ho: "Bol Dena Chahiye."

Kisi ko thank you bolna ho: "Bol Dena Chahiye."

Aur kisi se pyaar ho: "Bol Dena Chahiye."

Kyuki zindagi wait bahut kam karti hai.

Aur apna paraya sab chod do. Sab apne hi hai aur khud ke liye voi log hai.
Abhi jo movie ka song chal raha hai na "Nammk naam thanne alle"
(Apne liye apne hi log hote hai)
(Only our people are there for us)
(Nammge nam jana alve)
Bas kahin na kahin shayad poori kahani ka essence bhi bas itna hi tha.
"Bol Dena Chahiye."

Bol Dena Chahiyye

Thank You.
Is kahani ko padhne ke liye.
In memories ke saath chalne ke liye.
Har phase, har emotion, har silence ko feel karne ke liye.
Yeh sirf Bangalore, MBA, career ya friendship ki story nahi thi.
Yeh un logon ki story thi jo humein shape karte hain.
Un conversations ki story thi jo normal lagti hain... par life bhar yaad reh jaati hain.
Aur un logon ki bhi jo chale jaane ke baad bhi humare decisions, humari habits aur humari smile mein zinda rehte hain.

Agar iss story ne aapko kisi apne ki yaad dilayi ho, toh shayad unhe ek baar call kar lena.
Ek message bhej dena.
Ya bas unhe yeh feel kara dena ki woh important hain.
Kyuki end mein shayad hum sab apni life mein bas yahi dhoondh rahe hote hain... thoda sa connection, thoda sa belonging aur kuch log jo genuinely apne lagte hain.
Thank you for being a part of this journey.
Aur haan, jo dil mein ho na...
"Bol Dena Chahiye"

www.ingramcontent.com/pod-product-compliance
Lightning Source LLC
LaVergne TN
LVHW060045210926
848481LV00013B/3957
9798905104633